매일 철학하는 여자
소크라테스만 철학입니까

초판인쇄	2021년 7월 5일
초판발행	2021년 7월 9일
지은이	황미옥
발행인	조현수
펴낸곳	도서출판 더로드
기획	조용재
마케팅	최관호
편집	권 표
디자인	토 닥
주소	경기도 고양시 일산동구 백석2동 1301-2
	넥스빌오피스텔 704호
전화	031-925-5366~7
팩스	031-925-5368
이메일	provence70@naver.com
등록번호	제2015-000135호
등록	2015년 06월 18일
ISBN	979-11-6338-165-5 03810

정가 15,000원

매일 철학하는 여자

소크라테스만 철학입니까

황미옥 지음

도서출판 **더로드**
The Road Books

빡세게 특별한 일상

"산모 카드 가지고 오셨이요?"

"네, 여기 있어요."

"이 옷으로 갈아입으시고, 봉지에 속옷 넣어주세요."

"네."

"제일 끝에 있는 방으로 가서 침대에 누워 계시면 됩니다."

유도 분만을 하기로 하고 일정을 잡았다. 이상하게 제로 맥주가 먹고 싶어 남편에게 부탁하여 늦은 시간 편의점까지 가서 사 들고 왔다. 둘이 식탁에 앉아 맥주를 마시는데 배에 통증이 느껴지기 시작했다. 간격이 빨라지는 느낌이 들어 산통을 체크해 주는 앱을 켰다. 7분, 8분...... 불규칙적으로 진통이 오더니, 30분가량 지나서는 5분 미만으로 진통이 왔다. 다니던 병원 분만실에 전화하니 둘째라 빨리 나올 수 있으니 짐을 챙겨서 지금 당장 오라고 하였다. 먹고 있던 제로 맥주 캔 두 개를 얼른 씻어 분리 수거통에 버리고 샤워부터 했다. 분만실에 들어가는 순간부터 못 씻게 될 테니.

부랴부랴 어머니께 전화를 걸어 첫째 예빈이를 부탁했다. 어머니가 집으로 오시자 나는 캐리어와 짐가방 하나를 챙겨서 남편과 집을 나섰다. 배가 점점 더 아파져 왔다. 하필이면 목요일, 담당 의사가 휴진인 날이었다. 분만실에 들어가 주의사항을 듣고, 지정된 병실로 무거운 발걸음을 옮겼다. 방문을 열고 들어가니 발을 올리는 기구가 붙어 있는 침대가 있었는데 조금 무섭게 느껴졌다. 잊고 있었던 4년 전 출산하던 날이 떠올랐다.

내진을 시작으로 인내의 시간이 시작되었다. 훗날 자녀에게 알려주기 위해 병실에서의 전 과정을 모두 글로 남기기 시작했다. 출산 후에 일반 병실에 가서도 마찬가지로 그 곳에서의 느낌과 생각들을 글로 남겨두었다.

평범한 일상

"응애응애"

예설이가 깼다. 새벽에 아이가 깨면 하루가 시작된다. 특정 시간에 무엇인가를 하겠다는 계획은 의미가 없다. 아이가 우선이다.

오늘이 태어난 지 65일째 되는 날이다. 새벽에 거의 잠을 못 잤다. 어제 예방 접종을 했는데 열이 나서 해열제를 먹이고 난 이후부터 애매하게 열이 났다. 해열제를 먹여야 하는 체온과 먹이지 않아도 되는 체온의 중간 상태여서 어쩔 수 없이 지켜봐야 했다. 30분 단위로 열을 체크하면서 기다리다 새벽 1시가 넘어서야 잠을 청했다. 피곤해서 일어나지 못할까봐 반복 알람도 설정한 뒤, 핸드폰을 베게 밑에 두었다. 그래야 알림 진동을 빨리 느낄 수 있으니까. 아이가 기침을 할 때마다 중간중간 깬데다, 열을 체크하려고 한 시간 단위로 알람을 맞추어 놓아서 그런지 새벽 5시에 일어났는데 몸이 천근만근이었다. 아이가 아직 깨지 않아 바로 화장실로 직행해서 주문을 외쳤다.

"거대한 행운이 황미옥을 덮친다. 거대한 행운이 계속해서 쉬지 않고 황미옥을 덮친다."

5월부터 외치고 있는데 매일 행운이 들어오게 해주어 감사하다.

양치를 하고 따뜻한 물 한 잔을 마셨다. 옷 방으로 가서 전신 거울 앞에 서서 힘차게 웃어주었다. 휴대폰 녹음기를 켜고 오늘 날짜를 말한 뒤에 자기암시 문구를 녹음하여 카톡방 몇 군데에 전송했다. 기상 미션과 아침에 할 일을 정하여 다시 카톡을 보낸 다음 부엌 식탁에 앉아 바인더를 펼쳤다. 오전에 할 일 목록을 적고 시간 화살표를 생각했다. 아 참! 오늘부터 새롭게 하는 일이 있다.

"글 쓰는 경찰 카페를 더 좋은 공간으로 만들기 위해 내가 할 수 있는 1%의 개선방안은 무엇인가?"

"개인적으로, 직업적으로 발전시켜야 할 1%의 개선과제는 과연 무엇인가?"

수첩에 이 질문을 적어두었는데 매일 아침 새로운 아이디어 하나씩을 적어보기로 했다. 오늘은 이렇게 적었다.

"책 읽고 독서 리뷰 꾸준히 올리기 & 매월 읽은 책 목록을 만들어 책마다 한 줄 요약을 쓰고 추천 대상을 기록하자."

예설이가 깨서 코 흡입기로 콧물을 빼고 분유 먹였다. 먹으면서도 코가 막혀서 몇 번씩 콧물을 빼면서 먹였다. 트림을 시키고 침대에 눕힌 후 집필 중인 책을 마무리하기 위해 노트북을 열었다. 자장가를 들으며 종이에 미리 써둔 원고를 노트북에 옮기기 위해 손을 바쁘게 움직였다. 어제 첫째 예빈이를 어머니 댁에 보내서 아침이 더 여유롭게 느껴졌다.

아이가 잘 때, 러닝머신 걷기 50분과 스트레칭도 해야 한다. 오늘은 화장실 청소까지 해야 하는데 청소를 하면서 감사한 사람을 떠올리며 "고맙습니다."라고 말할 것이다. 오후에는 반찬거리도 만들고 틈틈이 독서도 해야 한다. 오늘 읽을 책은 〈부자 아빠 가난한 아빠〉다. 영어 유튜브도 들어야 하고, 와인 강의도 수강해야 한다. 자기 전에는 감사일지를 쓰면서 하루를 돌아보고, 할 일을 다 마쳤는지 피드백일지와 바인더 일정을 점검할 것이다. 잠자리에 누워서 사람들에게 변화를 일으키는 작가, 마스터 코치와 와인 마스터를 상상하면서 잠이 들었다.

멈춤이 있는 일상

"어머니, 예설이 항생제 쓰셔야 합니다."

"정말요?"

"일주일이 지났는데도 코감기가 심해서 어쩔 수가 없습니다."

"네, 할 수 없지요."

"그럼, 약 먹이시고 월요일에 다시 병원 오세요."

영아들의 경우, 출산 6개월까지는 면역력이 강해서 웬만하면 아프지 않기 때문에 둘째도 아프지 않을 줄 알았는데 그게 아니었다. 예빈이가 감기에 걸리니 태어난 지 두 달도 안 된 예설이는 바로 코감기에 걸렸다.

병원에 다녀와서 아이가 자는 동안 러닝머신 위에서 천천히 걷고 난 후, 스미홈트 유튜브 영상을 틀어놓고 스트레칭 2주차를 따라 했다. 남편과 점심을 먹고 방으로 들어와 잠든 아기 옆에 가만히 누웠다. 음악을 트니 마음이 고요해졌다. 오른쪽으로 고개를 돌리니 방문 밖으로 부엌 벽면에 붙여진 '꽃자리 토크쇼'의 배너가 보였다. 경찰 근무복을 입고 웃는 모습이 자신감 있어 보였다. 천정에는 좋은 운을 불어 넣어준다는 드림캐처가 매달려 있었다. 고요했다. 음악 소리와 딸아이의 숨소리만 들렸다.

머릿속 생각을 멈추고 싶어졌다. "예설이 귀여워요.", "아이 귀여워요."라며 울리는 카톡도 확인하고 싶지 않았다. 모든 것을 잠시 멈춘 상태를 가져본 적이 언제였던가 떠올려보니 기억조차 나질 않았다. 목표와 해야 할 일을 쫓아 나 자신을 너무 채찍질한 것은 아닌가 하는 생각이 들었다. 멈춤의 시간을 갖는 사람이 되고 싶다. 멈추면 비로소 보이지 않을까? 보이지 않는 나의 마음도.

살다 보면 빡세게 살아낸 특별한 일상도 있고 평범한 일상도 있다. 그리고 멈춤이 있는 일상도 있다. 어느 날이건 즐거운 나의 하루다. 일상의 소중함을 알게 된 것은 글쓰기와 독서를 시작하면서부터다. 스스로 던진 질문을 생각해보기도 하고, 일상에서 이해되지 않는 일, 속상한 일도 떠올려본다. 나는 생각 중독자다. 해야 하는 일에 생각하는 시간을 일부러 적기도 하니 말이다. 글쓰기와 독서만큼이나 생각하는 일을 좋아한다. 그 순간만큼은 모든 것을 잊고 빠져든다. 생각하는 순산이 가장 나답다. 생각은 위대하다. 생각은 일상에서 그냥 지나갈 법한 것들을 가지고 와서 재탄생하게 해주는 힘이 있다.

이번 책에는 일상에서 겪는 평범한 일에 철학적 의미를 담아보았다. 경찰이지만 육아휴직이라는 시간 동안 제복을 벗은 평범한 시민이 되어 생각의 크기를 키우며 매일 철학 하고 변화해가는 삶을 기록했다. 생활 속의 철학이 당신의 일상적인 삶에 변화의 불을 지펴주었으면 좋겠다. 철학은 평범한 사람이 가질 수 있는 유일한 자산이기 때문이다. 일상이 철학이다.

황미옥

그녀는 재미교포 2세로 뉴욕에서 살았다고 한다. 어릴 적 어머니를 여의었고, 9.11 테러 현장에서 살아남았다. 귀국 후에는 경찰이 되겠다고 결심하고 공부를 시작했다. 한글에 서툴렀던 그녀는 시험 공부가 만만치 않았을 터였다. 그럼에도 불구하고 그녀는 경찰이 되었고, 현재 부산지방경찰청 112종합상황실에서 근무 중이다.

경찰 황미옥. 그녀는 경찰 제복을 입은 후에도 묵묵히 글을 썼고, 지금까지 4권의 책을 출간했다. 고맙게도 내게 자신이 쓴 책을 보내주기도 했다. 감사하는 인생과 글쓰기에 관한 이야기, 제복을 입는 여경의 스토리, 그리고 이번에는 철학으로 그녀의 삶을 풀어냈다. 읽고 쓰는 삶을 살아가는 이들은 한 번쯤 경험할 것이다. 깊이 있게 생각하고 성찰하는 과정이 만만치 않다는 것을. 파고들수록 난해한 인생살이와 어떻게 살아가는 것이 '잘 사는' 것인지에 대한 문제에 부딪혀 몸살을 앓기도 하고, 이런 것이 철학이라면 차라리 그것을 포기하는 편이 낫겠다 싶을 때도 있다.

황미옥 작가의 글을 읽고 이 철학의 문제에 대해 조금은 가볍게 여겨도 되겠다 싶은 마음이 들었다. 나와 같은 고민을 하는 사람이 있다면 소크라테스와 니체 같은 세계적인 위인들만 철학을 하는 것이 아니라, 일상에서 만나는 모든 사물과 사람과 사건들 모두가 철학이라고 말해주고 싶다.

어렵고 힘든 시기를 겪은 사람은 색이 다르다. 열정과 노력으로 성취를 경험한 사람은 향이 다르다. 직업이 경찰인 만큼 바쁘다는 핑계와 변명이 넘쳐날 것 같지만, 약은 속내를 찾아볼 수 없다. 묵묵하고 꾸준하다. 황미옥 작가는 많은 것을 이뤄내고 있다. 아내, 엄마, 경찰, 작가, 강연가, 그리고 이젠 철학까지. 어쩌면 이 모든 결실의 뒤에는 누구보다 깊은 상처와 아픔이 있었을 것이다.

힘들고 아팠던 경험의 축적이 타인과 세상에 전해지는 철학으로 다시 태어난 것이라면, 나는 기꺼이 그녀의 이야기를 받아들이려 한다. 세상에는 입으로만 떠드는 사람이 넘쳐나고, 불평과 불만으로 상대의 에너지를 빼앗는 사람도 허다하다. 물기를 잔뜩 머금은 장작처럼 말이다. 그러나 그녀는 파삭하게 말라 환하게 불꽃을 피우는 심지 같은 사람이다. 그런 그녀의 뜨거운 책을 만나게 되어 기쁘다.

멈추고 생각하는 시간을 가지려는 이들에게 추천한다. 열심히 살면서도 늘 마음 한구석이 허전하다는 사람들에게 선물해주고 싶다. 귀한 책 한 권을 만난 것이 내 삶을 지켜내는 계기가 되길 진심으로 바라본다.

부산북부경찰서장 총경 방원범

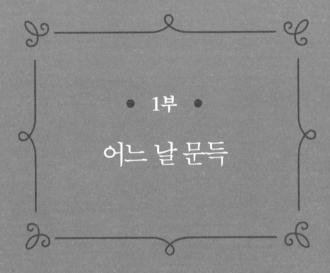

1부

어느 날 문득

OI
철학이란 무엇인가

나는 시간을 기록한다. 시간을 기록하는 이유는 우선순위 있는 삶을 살기 위해서이다. 자녀에게 물려주고 싶은 자산으로 '좋은 습관과 좋은 생각'을 꼽는다. 좋은 생각과 좋은 습관은 자녀의 일상을 관리하게 될 것이다. 몸에 밴 습관은 엄청나게 큰 효과가 있기 때문이다. 아침에 울려대는 알람 소리처럼 일상에서 늘 깨어 있게 해준다.

나는 현재 출산휴가 중이다. 이어서 육아 휴직도 가질 예정이다. 서른 중반에 둘째를 임신해서 집에서 아이를 키우는 중이다. 출산휴가 전에는 지구대에서 근무했다. 출산휴가와 육아휴직 1년을 어떻게 잘 보낼 것인지 많이 생각했다. 버킷리스트를 만들어 보기도 하고, 행복한 가정과 경제적 안정, 그리고 자녀계획, 배움과 나눔, 내가 하고 싶은 것과 사고 싶은 것 등 10개 정도의 카테고리를 나눠서 구체적으로 생각을 키워갔다.

출산 후 첫 달은 몸을 회복하는 것을 제일 우선순위로 두고 자기

암시와 글쓰기, 독서 그리고 생각하기를 육아와 병행했다. 나를 위한 자기계발 시간을 한 시간에서 두 시간으로 늘리면서 회복기를 가졌다. 1년이라는 육아휴직 기간 중 이제 한 달이 지났다. 출산 전과 후의 삶은 180도 다른 삶이다. 시간이 넉넉지 않았다. 부족한 시간을 잘 사용하기 위해서 시간을 기록했다. 어느 시간대에 글쓰기와 독서를 할 것인지 치열하게 고민했다. 무엇보다 몸의 회복을 신경 써야 하는 상황 속에서 두 아이를 키우면서 글쓰기와 독서까지 병행해야 하는 일이 쉽지 않았다. 분유 먹일 때 책을 읽으려고 발가락으로 책을 넘긴 적도 있었다. 해야 한다고 생각한 일을 해내는 것이 중요했다. 생각과 삶이 일치되는 것. 그것이 바로 내 철학이기 때문이다.

나는 철학자가 아니다. 그렇다고 철학책을 깊이 공부한 사람도 아니다. 일상에서 주어진 문제를 치열하게 고민할 뿐이다. 고민은 여러 가지가 있을 수 있다. 직장에서 승진하는 것부터 시작해서 어떻게 자녀를 잘 키울 것인지, 재능을 어떻게 한 단계 업그레이드시킬 것인지, 가족과 휴가는 어디로 갈 것인지, 나눔 실천을 위해서 올해는 무엇을 시도할 것인지 까지 다양하다.

고민은 일상에 녹아 있다. 티브이를 보든, 사람을 만나든 내가 하는 고민이 질문으로 연결된다. 보고, 듣고, 느끼는 모든 것에서 힌트를 얻는다. 쓸 모 없는 문제는 없다. 고민거리가 되는 모든 것은 충분히 생각할 가치가 있는 것들이다. 철학을 한마디로 정의하라고 한다면 "의미 있는"이라고 말하고 싶다. 중국드라마 「보보경심」을 본 적이 있는데 그것의 한국판인 「달의 연인」을 우연히 보게 되었다. 내가 본 장면은 황제가 죽음을 앞두고 남긴 마지막 말이었다. 강희제는 이렇게 말했다.

"인생 덧없다."

나는 대한민국 경찰이다. 순경에서부터 시작하여 올해 12년째 근무 중이다. 초임 때부터 지금까지 끊임없이 나에게 던졌던 질문이 있다.

"의미 있는 삶을 살고 있는가?"

나는 의미 있는 삶을 살기 위해서 경찰이라는 직업을 선택했다. 경찰은 다른 사람을 돕는다는 면에서 의미가 있다고 생각했기 때문이다. 초심을 잃지 않기 위해서 나는 매번 질문을 던진다. 직장을 찾고 결혼하고 자녀가 생기면서 서서히 일상은 변하기 시작했다. 상황은 항상 변하기 마련인데 그 때마다 묻고 또 물었다. 아직 의미 있는 삶을 살고 있느냐고. 승진 공부를 해야 하는지에 대한 고민, 경위 진급 후에 어느 경찰서를 가야 할까에 대한 고민, 작가의 삶을 잘 살아내고자 하는 고민은 반복되는 질문을 던지게 했다. 옳고 그름의 문제는 아니지만 무엇이 더 나은 지 계속 생각해야 했다.

  나에게 철학은 섬세한 고민이다. 그러니 일상이 철학이다. 덧없는 인생이 아닌 의미 있는 인생을 살기 위한 길이다. 가정에서 지혜로운 엄마, 생각하는 경찰, 누군가의 가슴에 소나기가 되는 작가가 되기 위해서 나는 철학 한다.

02

거창하다는 느낌

친구 희은이와 〈인문학 명강〉이라는 책으로 독서 모임을 가졌다. 조출했다. 단둘이서 일주일에 한 번씩 아침 6시 30분에 커피숍에서 만났다. 24시간 커피숍은 늘 우리를 반겨준다. 출근 시간 전까지 주어진 한 시간 반이라는 시간 동안 열정적인 토론이 펼쳐졌다. 각자 정해둔 범위까지 책을 읽고 동영상 강의도 보고 왔다. 미팅 노트를 펼쳐서 각자 말하는 내용 중에서 와 닿은 것들은 필기하면서 대화를 이어갔다. 모임이 끝난 후에는 우리의 생각을 글로 적어서 공유했다.

첫 대화 내용은 고대 그리스와 관련된 이야기였다. 플라톤과 아리스토텔레스 등. 솔직히 처음에는 고대 그리스 철학자를 잘 몰라서 크게만 느껴졌는데 책과 동영상을 통해서 그들의 삶과 생각을 알고 나니 내용 정리한 마인드맵 한 장만으로도 생각을 이어갈 수 있었다. 나에게 중요한 것은 그들의 삶의 이야기와 생각을 통해서 지혜를 찾고 힌트를 얻어 내 삶의 문제점을 해결해 나가는 것이었다. 잘 접해보지 못해서 모르는 것은 이렇게 해서 알고 나면 깨우쳐 지고, 나보다 앞선 사람들의 생각을 삶에 적용하고 싶어진다.

〈WHO AM I〉라는 인문학 프로그램과 EBS 다큐멘터리 '제자 백가'를 시청한 적이 있었다. 〈WHO AM I〉 프로그램은 최진석 교수의 노자 특강이었고 EBS는 묵자라는 철학자 이야기였다. 최진석 교수의 강의를 들으면서 계속해서 '나는 누구인가?' 라는 질문을 던졌다. 나는 누구일까? 나는 나를 알기 위해서 글을 쓰고 생각하는 시간을 가진다. 책을 읽는 것도 마찬가지다. 나는 나를 발견하기 위해서 읽는다. 나는 누구인가, 어떻게 살 것인가라는 두 가지 질문을 통해서 생각을 이어간다. 잠깐 생각하기는 쉽지만, 생각을 끊임없이 이어가는 것은 어렵다. 이럴 때는 질문을 하면 생각을 유지할 수 있다. 그래서 질문이 중요하다.

묵자의 이야기는 '어떻게 살아야 할 것인가?'에 대해 고민하게 했다. 묵자의 영상에서 인상적인 스토리를 발견했다. 식당에서 일하는 두 명의 종업원이 있었는데 한 명은 주인이 오든 안 오든 항상 열심히 일했고, 또 한 명은 주인이 식당에 올 때만 열심히 일하는 척했다. 과연 누가 옳을까? 당신이라면 누구를 옳다고 하겠는가? 남편에게 똑같이 물었다. 마침 출산한 지 한 달밖에 되지 않아 시어머니가 집으로 오셔서 도와주고 계셨다. 남편은 어머니가 계실 때는 며느리인 내가 살림하는 모습을 보여주기를 바랐다. 남편은 평소 주인이 없을 때도 열심히 일하는 종업원이 맞다는 생각이 들지만 때로는 일하는 척하는 모습을 보여주는 것도 필요하다고 했다. 그 말의 뜻은 어머니가 오시면 살림하는 모습을 보여주는 것도 필요하다는 뜻이었다. 이 문제에 있어서도 정답은 없다. 어느 것이 더 나은 답인가 고민하고 선택하면 그만이다.

함께 글 쓰는 경찰 동료 중에 일할 수 있는 시간이 딱 십 년 남은 선배가 있다. 매일 글을 쓰고 독서를 한다. 그는 주로 반성하는 글을 많이 쓴다. 남은 십년 동안 퇴직 후에 할 일을 찾고 있다는 말을 자주 한다. 생각의 끈을 놓지 않는 그 선배의 정년은 반드시 자신이 원하는 대로 이루어질 것이라고 믿는다. 섬세한 고민을 통해서 얻은 결론은 가치가 있기 때문이다.

지인 중에 박사학위를 준비하는 분이 계신다. 그녀는 십 년 동안 논문을 읽고 공부했다. 오랫동안 논문을 공부했음에도 불구하고 사람들과 말할 때 이야기를 이어갈 수 없다는 것을 깨닫고 이제까지 읽은 논문을 모두 무효화시켰다. 엑셀을 만들어 15가지 항목으로 분류하고 처음부터 논문을 다시 읽기 시작했다. 이 후 1년 동안 읽은 49개의 논문은 자신이 10년 동안 읽었던 논문보다 가치 있었다. 논문을 쓴 사람에게 질문도 하고, 누구를 만나든 자신이 읽은 내용을 불러와 토론할 수 있게 되었다. 10년이라는 기간이 중요한 것이 아니었다. 얼마만큼 잘 정리하여 머릿속에 저장해두느냐가 관건이었다. 일상에서 어떻게 논문을 정리하여야 언제든지 불러올 수 있는 내 지식이 될 것인가를 충분히 고민한 결과였다. 해답은 일상에서 찾아야 한다. 일상에서 문제점을 발견하고 답을 찾는다면 분명 길은 보인다.

둘째를 출산한 지 오늘이 38일째다. 첫째가 5살이라서 둘째와 4살 터울이 난다. 둘째가 태어나면 배로 힘든 게 아니라 4배가 힘들다는 말을 들었는데 왜 그렇게 말하는지 이해가 되었다. 출산 후 3주가 되었을 때 출산휴가를 마친 남편은 다시 출근을 했다. 주간 근무는 남편이 저녁에 퇴근해서 괜찮았지만, 야간 근무는 달랐다. 시어머니가 저녁에 돌아가시고 나서부터는 전쟁이었다. 첫째와 둘째를 혼자서 동시에 돌봐야 했기 때문이다. 용변을 볼 때도 둘째를 한 손으로 안고 첫째의 뒤처리를 해주었다. 둘째가 울어서 달래려고 안고 있으면 첫째가 자기 전에 엄마랑 같이 놀고 책을 읽고 싶다고 했다.

아이를 어떻게 키우는 것이 나은 것인지 끊임없이 일상에서 고민했다. 둘째를 자주 안아주는 것이 첫째에게 스트레스로 쌓이는 것을 알고 첫째 아이와 비밀 데이트를 하면서 첫째의 마음을 풀어주기로 했다. 섬세한 관심으로 아이들이 마음을 조금 더 열 수 있도록 도왔다. 그렇게 일상에 집중했다. 거창할 필요도 없었다. 잘 먹이고 재우고 입히고 놀면서 지금 이 순간에 집중하고 하나씩 실천해 나가고 있다.

경찰 동료인 전 주임은 올해 초 일본으로 국비 유학을 간 사람이다. 지인 중에 국비 유학을 간 사람은 전 주임이 처음이다. 전국 경찰관 중에서 일본어 시험에서 1등을 했다. 처음 전 주임을 알았을 때는 일본어 실력이 최상은 아니었다. 국비 유학을 하러 가겠다는 목표를 세우고 2년 동안 열심히 일본어 공부를 했다. 동료는 40대 중반이었는데 수험생의 삶과도 같은 삶을 살았다. 누구보다 일찍 출근해서 일본어 공부로 하루를 시작했다. 한 권의 책을 마르고 닳도록 보고 나서 다음 책으로 바꾸었다. 남들이 술 마시며 여흥을 즐길 때 약속을 자제하면서 공부하는 시간을 늘렸다. 공부하는 중에 한 번 식사를 같이 한 적이 있었는데 얼굴이 까칠했다. 얼마나 열심히 집중해서 공부하고 있는지 느낄 수 있었다.

경찰관 중에서 국비 유학을 꿈꾸는 이들이 많다. 하지만 도전하는 사람은 그리 많지 않다. 나 또한 그랬다. 막연히 언젠가 도전할 목표라고 여겼다. 작년에 이 생각을 실천으로 옮겨 원서를 접수했다. 비록 탈락했지만, 나에게는 의미 있는 시간이었다. 생각을 실천으로 옮겼기 때문이다. 결과와 상관없이 원서를 접수했다는 사실이 새로운 시작을 의미하는 신호가 되었던 셈이다.

03
작은 철학이면 어때

연간계획을 제대로 세웠다. 어디에 가고 싶은지, 하고 싶고, 되고 싶고, 나누고 싶은 것은 무엇인지 구체적으로 기록했다. 하고 싶은 것 위주로 마인드맵노 그렸다. 마인드맵의 장점은 균형을 맞출 수 있다는 것이다. 마인드맵을 처음으로 배웠을 때가 생각난다. 5개의 소제목 중에서 내가 하는 일과 자기계발에 집중되어 있었다. 가정, 재정, 건강, 신체 분야에 기록한 것은 거의 없었다.

예전에는 나눔과 기부는 돈이 있어야 할 수 있다고 생각했다. 하지만 이제는 돈이 아니라도 배운 것을 나눌 수 있다는 사실을 발견했다. 나에게는 재능과 시간이 있었다. 글쓰기 카페를 운영하는 것도 동료의 목표달성을 돕는 재능기부의 일환이었다.

출산 전 한국코치협회에서 KAC 코치 인증자격 과정 진행했다. 20시간 코칭 클리닉을 수료하고 50시간 전화 코칭을 실천했다. 코칭 고객 대부분은 경찰 동료였다. 50시간 동료 고객과 전화 상담을 했다. 그리하여 출산 전에 KAC 자격을 수료할 수 있었다.

출산한 지 38일 되는 날 재능기부를 다녀왔다. 18번째 기부였다. 4년 전부터 배워온 시간 관리를 가르치기 시작했다. 준오헤어 강윤선 대표의 유튜브 강연을 보고 알게 된 용어, Learning by Teaching을 삶에 실천했다. 시간 관리를 잘하기를 바라는 마음에서 재능기부는 시작되었다.

나는 엄마, 작가, 아내, 경찰 4가지의 삶을 살고 있다. 엄마로서 잘하고 있는 걸까? 우리 아이들은 행복한가? 한 통의 편지가 떠올랐다. 지식 아카데미에서 피터 드러커의 경영철학을 함께 공부하는 허소미 대표가 써준 편지였다. 편지를 책방 보드에 붙여두었다. 살면서 잊힐까 봐 상기시켜주기 위해서였다. 편지에는 아이가 클 때까지는 자기가 좋아하는 일보다 아이와 함께하는 시간을 많이 보내라고 적혀 있었다. 나중에 후회하지 않기 위해서 아이와 보내는 시간을 소홀히 하지 말라는 일침이었다. 예전에는 머리로만 이해했지만 둘째를 낳고 나서는 편지에 담긴 내용이 점점 더 와닿았다. 아이들의 눈과 표정이 눈에 들어오기 시작했다. 역할 비율을 조정할 필요가 있었다. 엄마 5, 작가 3, 여자와 경찰 1로 비율로 변경했다. 1년짜리 계획표를 꺼내서 수정했다. 돈보다 재능과 시간을 나누는 삶을 택했다.

직장 생활을 시작했을 때는 무엇이 되고 싶었다. 높은 계급이나 중요한 일을 해내는 사람도 꿈꿨다. 무엇보다 인정받는 전문가가 되고 싶었다. 계속해서 생각을 이어가면서 삶에서 중요하다고 생각하는 것들이 변하기 시작했다. 결국에는 지금, 이 순간을 즐기는 것이 중요하다는 결론에 이르렀다. 그러기 위해서 오늘을 잘 보내려고 애썼다.

최근에는 3개의 소원을 쓰고 있다. 목표는 백일 동안 하루도 빠지지 않고 자기 전에 쓰는 것이다. 소원 쓰기는 두 번째 도전이다. 몇 년 전에 한 적이 있다. 3가지 소원이었던 임신, 저축, 출간을 이루었다. 둘째 출산 이후 산후 관리를 받던 중, 산후 경혈 관리사님과 꿈에 관련된 이야기를 하게 되었다. 나는 3개의 소원 100일 동안 쓰기를 제안했고 같이 해보기로 했다. 첫 번째 해야 할 일은 자기가 원하는 3가지 소원을 정하는 것이었다. 하루를 보내며 생각해보기로 했다. 원하는 것 3가지를 정한 후에 자기 전 소원 쓰기를 시작했다. 오늘이 16일째다. 원하는 것을 얻기 위해서는 매일 노력해야 한다. 생각을 유지해나가는 것이 핵심이다. 원하는 것을 매일 생각하기 때문에 절대 꿈을 포기하지 않는다. 한 가지 생각을 일상에서 꾸준히 이어간다.

자녀를 키우면서 성장하는 사람은 자녀가 아닌 바로 나다. 자녀는 나의 분신이기에 잘하는 것, 잘하지 못하는 것, 나쁜 습관 등 모두 나를 빼닮았다. 딸이 우는 이유는 3가지다. 배가 고프거나, 기저귀를 갈아야 하거나 아니면 졸려서다. 처음에는 이 단순한 세 가지도 알지 못했다. 기저귀 가는 방법을 몰라 발을 동동거렸다. 4년 전 첫째를 키워서 다 알 거라 생각했는데 아니었다. 문제는 예전에 알던 상식도 시간이 지나면 잊어버린다는 사실이었다.

출산 한 달 만에 차를 운전할 일을 생겼다. 목적지에 도착해서 내리막에 주차했다. 후진을 해야 하는데 순간 머릿속이 멍했다. 오른쪽 페달이 액셀러레이터인지 브레이크인지 헷갈렸다. 운전한 지 10년이 넘었는데 별것이 다 헷갈리는 것을 보고 이 상황이 이해되지 않았다. 집으로 돌아와서 곰곰이 생각해봤다. 내가 명확하게 안다고 생각하는 것들도 때로는 아는 것이 아닐 수 있다는 결론을 내렸다. 액셀러레이터 밟기를 혼동한 것이 내 삶의 다른 부분을 생각해보는 시간으로 이어져 결국 내 삶의 비율을 수정하는 데까지 이르게 되었다. 지금 내 삶은 엄마의 비율을 늘리는 것으로 나만의 결론에 도달했다.

나는 누구일까? 열정, 끈기, 배움, 방향성을 모두 연결해 보았을 때 나는 누구인가? 내가 알고 있는 그 사람이 맞을까? 이 질문은 나를 움직인다. 과거가 아닌 현재를 움직인다. 내가 원하는 삶으로 하루를 채운다. 아침에 일어나서 하는 것이 무엇인지를 생각해본다.

나는 진인사대천명이라는 말을 가슴에 새겼다. 예전에는 이메일

패스워드로 사용했다. 해야 할 일을 하고 나서 하늘에 운명을 맡겼다. 경찰은 내 직업이다. 경찰은 주기적으로 부서를 옮긴다. 새로운 부서에서 근무하면 내가 그 일에 맞추어야 한다. 처음 해보는 일이라도 하루빨리 그 일을 익숙하게 하는 것이 중요한 미션이다. 지금까지 여러 부서를 겪어오면서 새로운 환경에서는 빨리 적응해나가는 것이 최선이라는 것을 배웠다.

나에게는 무기가 하나 있다. 이제껏 일 해온 부서에서 핵심 노하우를 정리한 매뉴얼이다. 시대가 변할수록 나만의 매뉴얼을 디지로그 하는 새로운 미션이 생겼다. 언제 어디서든 휴대폰으로 내가 가진 정보와 지식을 나눠줄 수 있게 정리한다. 동료가 필요할 때 3초만에 전해주는 사람이 되려고 한다. 그러기 위해서는 자료보관과 관리가 필요하다. 지식을 분류하는 것 또한 나에겐 중요한 일이다. 알고 있는 이론을 현장에서 적용해보면서 터득한 매뉴얼이야말로 실제적인 산 증거가 된다. 매뉴얼을 만드는 것도 중요하지만 동료와 공유하고 활용하는 것이 내가 원하는 가치다.

나를 정의해 나가는 작업은 여전히 진행 중이다. 수명이 다하는 날까지 진행되지 않을까? 나에게 끊임없이 묻는다. 나는 누구인가? 때로는 내가 하는 일이 작은 일이라고 느껴진다. 하지만 모든 것은 작은 것에서 시작된다. 첫 번째 출산 후에 예전의 몸, 예전의 체력으로 돌아가기 위해서 내가 선택했던 것은 하루 10분 운동이었다.

10분 운동이라는 결단은 많은 것을 변화시켰다. 10분 운동이 주 3회 근력운동까지 하도록 발전시켜 주었다. 바디프로필 촬영까지 도전해서 책 표지 사진으로 사용하기도 했다. 지금의 내 삶은 작은 생각에서 비롯되었다. 작은 실천이 쌓여서 지금의 나를 만들었다. 작은 생각, 작은 믿음이 더 강력하다. 작은 물방울이 처마를 뚫는 것처럼 매일 쌓여가니 말이다. 원동력은 작은 생각에서 비롯되었다.

04
사색을 시작하다

"선희야, 가방을 왜 싸니? 선희야, 서울이 싫더냐?"

둘째 예설이가 우렁차게 우는데 아무리 달래노 울음을 멈추지
않았다. 그때 나도 모르게 튀어나온 노래다. 이 노래를 부르는 순간
아이는 신기하게도 울음을 서서히 멈추는 게 아닌가! 신기해서 다
시 울 때 불러봤다. 이번에도 효과가 있었다. 그런데 남편이 불렀을
때는 통하질 않았다. 남편에게 톤을 높게 잡아 불러보게 하니 어느
정도는 효과가 있었다.

인터넷에서 가사를 찾아보니 가수 태진아가 90년도에 부른 노래
였다. 둘째 딸과 이 노래가 어떤 관계가 있을까? 딸은 그 이후로 배
고파서 우는 것이 아닌 이상 태진아의 노래를 들으면 순한 양으로
변했다. 딸에게 맞는 음정과 코드가 들어가 있는가 보다 하고 생각
하기로 했다.

문득 내가 좋아하는 노래는 무엇인지 생각해봤다. 노래를 불러

본 지가 언제였던가? 노래 제목이 하나도 떠오르지 않았다. 한참을 생각한 끝에 남편과 신혼 때 노래방에서 불렀던 노래 한 곡이 생각 났다. '행복을 주는 사람'이다. 무엇을 한다고 노래 한곡 부를 시간 도 없이 바쁘게 살았던 걸까 하는 생각이 들었다.

2006년 미국 서바이벌 프로그램 최종 우승자인 권율의 책 〈나 는 매일 진화한다〉를 읽었다. 작가 권율이 추구하는 삶은 '르네상스 맨'이었다. 사람들은 그를 르네상스적 교양인이라고 불렀다. 권율 은 자신의 가능성을 한 가지에만 제한하지 않고 늘 미래를 꿈꾸고 노력했다. 서바이벌 프로그램에 출전한 이유는 미국에서 한국인은 영어도 잘 못하고, 절대 리더가 될 수 없다는 편견을 깨트리는 일에 자신의 삶을 걸겠다고 결심했기 때문이라고 한다.

권율의 이야기를 알게 된 것은 조승연 작가가 쓴 책 때문이었다. '르네상스 맨'이라는 단어에 꽂혀 인터넷을 찾아보다가 조승연 씨 의 인터뷰 동영상을 보게 되면서 권율 작가가 쓴 책을 알게 되었다. 그 이후로 '르네상스 맨'이라는 단어는 나의 뇌리에서 떠나지 않았 다. 르네상스적 교양인이 되기 위해서 다방면의 책을 읽고, 음악, 미 술 분야도 폭넓게 관심을 가져야겠다고 마음먹은 것도 그 이유 때 문이었다. 나중이 아닌 지금부터. 딸에게 불러준 가수 태진아의 '선 희의 가방' 덕분에 르네상스 교양인으로 가는 길에 대해 조금 더 깊 게 생각해볼 수 있었다.

출산휴가 중이라 집에 있는 시간이 많다. 남들이 출근하는 시간에 아이를 돌보는 일로 하루를 시작한다. 새벽부터 나의 일과는 바쁘게 돌아간다. 3시간마다 분유를 먹이고 틈틈이 유축도 해야 한다. 남편과 첫째 딸이 자는 새벽 시간, 분유를 먹이고 나서 글쓰기로 하루를 시작한다. 글을 쓰면서도 아이가 울거나 속이 불편해 보채면 안아주어야 한다. 무엇이든 몰입해서 할 수 있는 일이 하나도 없다. 설거지를 하다가도, 집 정리를 하다가도 아이 소리가 나면 살펴보아야 한다. 이 일이 내 일 중에서 가장 중요한 일이다. 아이 돌보기. 갓난아이를 키우면서 자주 생각에 잠기게 된다.

우리 가족은 매년 여름이면 두 개의 라텍스를 거실로 옮겨오는 이사한다. 남편이 벽에 구멍 내는 걸 싫어해서 안방에 에어컨이 없기 때문이다. 거실에 앉아있으니 여러 개의 액자 사진이 눈에 들어왔다. 특히 젊은 시절 친정 엄마의 사진 한 장이 여러가지 생각에 잠기게 했다.

"엄마도 새벽마다 잠 못 자면서 나를 이렇게 키웠겠지?"

"엄마도 하루에도 수백 번 마음이 바뀌는 과정을 겪었겠지?"

"엄마도 출산 후에 방에서만 한 달 넘게 지내면서 갑갑한 적도 많았겠지?"

하늘나라에 계신 친정 엄마와 사진 한 장을 마주하고 마음속으로 대화를 나누었다. 신기하게도 내 마음이 풀렸다. 엄밀히 따지면 혼자서 하는 대화인데 잠깐 힐링이 되었다. 친정 엄마와의 대화를 통해 엄마가 되는 과정을 돌아보게 되었다. 과거, 현재, 미래를 짚어 보았다. 내가 커왔던 과정부터 아이를 키우고 있는 현재의 나, 그리고 앞으로 아이들이 커서 맞이하게 될 미래까지 말이다. 상상 속에서 행복한 꿈을 그렸다. 직장을 벗어나 출산휴가 중에만 경험할 수 있는 순간이기에 더 감사하다는 생각으로 대화를 마무리하였다.

Wo Xihuan Ni. 중국어로 '나는 너를 좋아해'라는 뜻이다. 중국어 기초반을 배울 때 가장 애착이 갔던 문장이다. 누가 나에게 좋아하는 음식이 뭐냐고 물으면 선뜻 답을 하지 못했다. 누가 제일 좋으냐고 물어도 마찬가지였다. 세상에서 내가 나를 가장 잘 아는 줄 알았는데 아니었다. 경찰관 제복을 입은 12년 동안 가장 좋아하는 것이 무엇이냐고 묻는다면 이제는 자신 있게 말 할 수 있다. 글쓰기와 독서라고. 왜 예전에는 말하지 못했을까? 예전에는 무엇을 좋아하는지 생각하는 시간을 충분히 가져보지 못했다. 직장인이라는 핑계로 바쁜 나날을 보냈지만 실제로는 텅 빈 하루였다.

나는 새로운 도전을 좋아한다. 〈밥 프록터의 위대한 발견〉이라는 책을 읽다 문득 김옥경 코치님과 이 책을 같이 읽고 토론해 보고 싶다는 생각이 스쳐 지나갔다. 책을 잠시 내려놓고 카톡을 보냈다. 결국, 9월에 이 책으로 전화상으로 토론해 보기로 했다. 직장 선배인 해영 선배는 무모한 도전을 좋아하는 후배라고 놀리지만, 도전하는 삶을 살아왔기에 어제보다 나은 황미옥으로 진화할 수 있었다. 가장 나답다고 느끼는 순간은 바로 도전을 이어갈 때다.

'포스트맨 100 플랜'이라는 도전을 한 적 있다. 울산에서 19년 동안 기아자동차 판매왕을 하신 정성만 부장님의 브랜드명이다. 현재 상표 등록까지 되어있다. 매월 10명, 매주 3명의 고객을 만나는 것이 미션이다. 그들과 진심으로 대화를 나누고 그들의 꿈과 목표를 도와야 한다. 정성만 부장님의 플래너를 구매해서 실천해보는 시간을 가졌다. 어떤 깨달음이 있는지 알고 싶었다. 한 달에 10명을 만났다. 주 5일 출근하면서 애 키우는 엄마가 한 주에 3명을 만난다는 것이 쉽지 않았다. 출근 전 아침 시간을 활용했다. 아침 6시 반에 만난 적도 있었다.

사람들과 만나 대화를 나누면서 꿈과 목표를 듣기 전에 항상 들었던 말은 현재 겪고 있는 자신만의 문제점이었다. 누군가의 말에 상처를 입었다든지, 일이 힘들다든지 하는 개인적으로 힘든 일들에 대해 이야기했다. 내가 할 수 있는 것이라고는 들어주고 공감해 주는 것뿐이었다. 아무런 결론을 내주지 않아도 들어주는 것만으로도 치유에 도움이 된다는 사실을 알게 되었다. 서로의 이야기를 경청하면서 긍정적인 관계가 형성되었다. 이야기를 듣다보니 각자의 향기가 달랐다. 자신의 고유한 향기를 세상을 향해 내뿜는 그들 옆에 내가 서 있었다. 나는 그들을 "향기 나는 사람"이라고 부르고 싶었다. 나만의 향기 나는 사람들 100명을 만들고 싶어졌다. 출발이 좋았다.

화장실과 부엌에서 생각이 가장 잘 떠오른다. 동료 경찰과 함께 하는 글쓰기 프로젝트도 화장실에서 씻다가 떠오른 아이디어를 메모지에 적고 실천한 성과이다. 메모지는 집안 곳곳에 놓여 있다. 스쳐 가는 아이디어가 인생의 방향성을 바꾸기도 한다. 매일 글 쓰는 동료 경찰과 일상을 함께 한 지 일 년이 넘었다. 1년 전만 하더라도 서로 모르는 사람들이었다. 동료들과 함께 글을 쓰게 될 줄은 꿈에도 몰랐다. 메모지 하나에 적힌 아이디어가 강력한 힘을 발휘할 수 있다는 사실을 깨닫는 시간이었다. 글쓰기를 꾸준히 한 결과 1년 넘게 함께 쓰고 있다.

아이 둘을 동시에 돌보는 것이 아직은 익숙하지가 않다. 시어머니가 아침이면 첫째 아이 유치원 준비를 도와주시러 오신다. 그 날도 유치원 차를 잘 타고 가는지 궁금해서 베란다에서 밑을 내려다보았다. 엄마가 없어도 놀이터에서 열심히 뛰어다니며 노는 딸이 보였다. 두 번의 출산을 겪고 놀이터를 보고 있으니 아이들 키우는 시간도 금방 지나간다는 생각이 들었다. 시간은 되돌아오지 않으니 지금, 이 순간을 아이들과 충분히 즐기자고 마음먹었다. 똑같은 놀이터를 보고 있어도 매번 다른 생각이 든다.

몇 년 전 죽음과 관련된 글을 쓰면서 놀이터를 바라볼 때가 떠오른다. 일상을 함께하는 놀이터가 마지막이라고 생각하니 이제까지 산 내 인생에 감사한 마음이 들었다. 놀이터에서 아이와 뛰놀던 순간들이 필름처럼 지나갔다. 갓난아기 때 새벽에 잠 못 잔 숱한 날들, 그리고 아기 띠 매고 집안을 돌아다니던 모습들. 아이 둘이 동시에 응아했을 때 동동거리던 모습까지도.

안방에, 첫째 딸이 6개월이 되었을 때 크리스마스 기념으로 찍은 사진이 있다. 이 사진이 균형 잡힌 생활을 하고 있는지 나에게 질문을 던지게 하는 증표다. 일이 바쁘진 않은지, 글 쓰고 책 읽는 일에 너무 몰두해서 가족에게 소홀히 보내고 있는 건 아닌지 되돌아보게 해준다. 집안을 둘러보면 가족들의 손때 묻은 물건이 대부분이다. 가족들과 함께한 흔적들 속에서 행복을 하나씩 찾는 재미가 있다. 나는 이렇게 행복을 먹고 산다. 아이와 함께 만든 감나무부터 알파벳 트리까지 곳곳에 추억이 가득하다. 매일 보고, 듣고, 느끼는 모든 것이 사색의 증거다. 주변에 나를 돌아보게 하는 물건들은 버리지 않는다. 보고 또 본다. 또 다시 듣고, 느낀다.

철학여행

다큐멘터리를 시청했다. '맹자의 측은지심'과 '공자의 서'에 대한 이야기였다. 황소를 제물로 바치기 위해 끌고 가는 소의 표정을 본 왕은 측은지심이 들어 소 대신 양으로 바꾸라고 하였다. 소에게는 기쁜 소식이었을 것이다. 주왕은 죄인들에게 형벌로 뜨겁게 달군 쇠 위를 걷게 했다. 측은지심을 공감 능력이라는 의미로 바꿔 생각해보았다. 뜨거운 쇠 위를 걷고 있는 사람들을 재미나게 쳐다보는 것은 결코 공감하는 행위로 보이지 않았다.

문득 몇 가지 에피소드가 떠올랐다. 최근에 경험한 공감 능력과 관련된 일이었다. 가족들과 여행 일정이 잡혀 있어 여권 갱신을 위해 가까운 구청에 방문했다. 조용했다. 몇 사람이 접수처에서 볼일을 보는 것 외에는 평온해 보였다. 여권 접수처에 가서 번호표를 뽑고는 앉아있었다. 내 차례가 되어 번호표를 주고 접수를 했는데 형식적인 말들이 오고 갔다. "몇 년짜리 하실 거예요? 사진은요?" 표정에는 영혼이 없었다. 어서 오라, 잘 가라는 말도 없이 여권 갱신

접수만 마치고 구청을 나오는데, 영 마음이 불편했다.

불현듯 나는 지구대에 출근해서 민원인을 어떻게 반기는지 생각해보았다. 혹시 매일 찾아오는 민원인이라고 표정 없이 대하진 않았는지 나를 돌아보았다. 뜨끔하는 순간들이 떠올라 절로 반성이되었다. 다른 곳에서 같은 대접을 받지 않기 위해서는 나부터 잘해야겠다고 속으로 몇 번이고 다짐했다.

첫째 딸 예빈이는 어떤 말을 하든 뭔가 질문하면 항상 똑같은 답을 한다.

"네~ 맞죠!"

맞장구쳐주는 한 마디에 말하는 사람은 신이 나서 덩달아 더 이야기하게 된다. 딸아이는 상대방의 말에 공감해주는 강력한 능력을 갖추고 있다. 5살밖에 안 되었지만 어른인 엄마보다 낫다는 생각마저 든다. 올해 한국코치협회에서 운영하는 KAC 코치 인증자격 과정을 배우면서 가장 좋았던 것은 고객의 말에 공감과 지지, 그리고 격려를 해주는 부분이었다. 무엇보다 마음으로 고객의 말을 경청해야 하는데 50시간의 실습을 거치면서 상대방의 말을 100% 경청하지 못하는 나를 여러 번 발견했다. 이것은 저절로 되는 것이 아니라의식적인 노력이 필요한 부분이었다. 질문을 고객에게 던졌는데 그 질문이 나를 향해서 되돌아올 때가 많았다.

"왜 그렇게 생각하시나요?"

평범한 질문처럼 보이지만 나를 돌아보는 강력한 힘을 가졌다. 코칭을 한 번도 배우지 않은 딸 아이 보다 나에게 더 큰 노력이 필요했다. 상대방의 마음을 움직이는 일은 사람의 마음과 내뱉는 말이 같이 작동할 때 이루어지는 것이 아닐까 하는 생각이 들었다.

블로그 이웃 중에 외국인이지만 한국말을 잘하는 알렉스 롱구라는 이웃이 있다. 그의 공간에서 인상적인 한 편의 영화를 발견했다. 제목은 〈Bending the Arc : 벤딩 디 아크 - 세상을 바꾸는 힘〉. 세계 아웃사이더 청년 3명 폴 파머, 김용, 오딜리아 달이 세상의 모든 상처를 치유해나가는 스토리다. 아이티, 페루, 르완다 등 전 세계에 헬스 케어를 설립해나가는 감동적인 이야기다.

백지연 작가의 책을 통해 세계은행 총재를 역임한 김용의 이야기를 접한 적이 있다. 애써 무엇이 되려고 하지 마라던 말이 아직도 기억에 남아있다. 그의 말과 반대로 난 항상 무언가가 되려고 했다. 부끄럽지만 승진해서 높은 계급을 가진 경찰이 되는 것이 나의 길이라고 생각했던 적도 있었다. 베스트셀러 작가가 되고 싶었던 적도 있었다. 〈벤딩 디 아크〉라는 영화는 사람이 아닌, 일에 초점을 맞추어 스토리가 전개되었다. 더 나은 의사가 되어 사람들에게 인정받는 것이 아니라 단합된 마음으로 가난한 사람들의 질병을 치료할 수 있도록 돕는 행위에 초점이 맞춰져 있었다. 한 방 제대로 맞았다. 나의 도움이 필요한 사람들에게 나는 어떤 도움을 주고 있는지 묻고 있었다. 다른 사람을 돕고 있지도 않았고, 마음을 함께 나누는 동료도 없었다. 절로 반성이 되었다. 어떤 사람이 되려고 하기보다 세상을 돕는 일에 몰입하는 사람이 되어야겠다고 영화를 보는 내내 다짐하고 또 다짐했다.

오바마 전 대통령의 이야기를 접했넌 적이 있었다. 대통령직 다음으로 어떤 일을 할까 궁금했다. 2016년 Obama Foundation을 만들어 아프리카의 각종 사회문제를 해결하기 위해 젊은이들 21명을 뽑아서 리더십 스킬을 교육했다. 21명의 청년 중에서 중국인, 일본인은 있는데 한국인이 없었다.

경찰 제복을 벗고 퇴직하면 나는 어떤 일에 몰입할까 하는 생각이 들었다. 현직에서 고생했으니 공식적인 은퇴 후에 연금 받으면서 편하게 사는 것이 정답일까? 경찰이 되기 전에도 나는 의미와 가치를 중요하게 여겼다. 퇴직 후의 삶도 마찬가지일 것이다. 어떻게 사는 것이 가치 있고 의미 있는지 여전히 고민 중이다. 지금까지 내가 찾은 것은 독서와 글쓰기로 삶을 확장해 나가는 것이다. 아직 완성되지 않았지만 원하는 삶의 퍼즐을 하나씩 맞추어가고 있다.

퇴직 후의 삶을 계속해서 그려나가는 일은 내가 가지고 있는 생각을 확장해준다. 거기에 한 가지를 더 보태자면 죽음 떠올리기이다. 의미 있는 삶은 죽음으로 완성된다. 나를 위한 장례식장에서 어떤 추도사가 읊어지기 원하는가? 우연히 방문한 지인의 출간기념회에서 추도사를 발표한 적이 있다. 아주 짧게 노트에 내 생각을 떠올려서 적은 추도사였다. 짧게 생각하고 쓴 글이지만 강력한 효과가 있었다. 지금, 이 순간에도 그때 쓴 추도사가 생생하게 떠오르는 것을 보면 말이다. 후배 경찰을 돕는 모습과 선배가 떠난 자리를 그리워하는 후배들의 표정이 담긴 글이었다. 진심으로 원했던 인생이라면 추도사에도 담을 수 있을 것이다. 원하는 것을 가질 수 있다는 생각을 거듭하면 가질 수 있다고 믿는다. 끝까지 포기하지 말아야 할 것은 머릿속으로 반복해서 생각하는 것이다.

내 삶에는 세 명의 스승이 있다. 첫 번째 스승은 글쓰기로 만난 이은대 작가님이다. 매일 4시간씩 글 쓰기와 책 읽기를 꾸준히 실천하고 계신다. 글쓰기를 만난 지 얼마 되지 않았을 때 4시간 글쓰기를 따라 했다가 얼마 못 가 몸살이 났었다. 글을 쓰는 것이 쉬운 일이 아님을 몸소 경험했다. 내 책의 모든 제목과 목차를 짜주셨다. 글쓰기와 관련된 모든 일은 자기 일처럼 의논하고 상담해주신다. 나 외에도 수강생들은 전국에 퍼져있기에 시간적인 여력이 없을 것 같은데도 항상 여유로워 보이는 이유는 뭘까? 그 분은 글 쓰는 사명을 가지고 계신다. 몸이 지치지 않는 이유는 바로 마음에 그런 삶을 살겠다는 결심이 있었기 때문일 것이다.

천 페이지가 가까이 되는 책을 처음으로 읽은 책이 앤서니 라빈스의 〈네 안에 잠든 거인을 깨워라〉이다. 두꺼워서 책장에 오랫동안 꽂혀만 있던 책이었다. 언젠가 읽어야지 마음만 먹고 있었다. 명절 연휴에 제사를 지내러 함양 시댁에 갔는데 도련님이 충남 아산으로 거처를 옮기기 전에 읽던 책들이 있었다. 우리 집에 있는 책도 보였다. 그날따라 두꺼운 책이 눈에 들어왔다. 전을 굽고 온 터라 잠시 휴식 시간을 갖고 싶어 책을 꺼내서 첫 장부터 읽었다. 얼마나 재밌는지 잠깐 읽어야지 했는데 자리에 앉아 줄곧 읽고 있었다. 작은아버님께서 문을 여시기에 하던 독서를 멈추었다. 집으로 돌아와서 앤서니 라빈스의 책을 꺼내 몇 날 며칠을 그 책만 읽었다. 읽으면서 아이디어도 많이 떠올라 노트에 적기도 했다. 이제껏 살면서 읽은 책 중에 내 가슴을 그토록 뜨겁게 뛰게 한 책은 없었다. 한 번도 만난 적 없지만, 앤서니가 운영하는 세미나에 꼭 다녀오고 싶어 매일 소원 쓰기할 정도였다.

"2019년 앤서니 라빈스 세미나에 참석했다."

소원을 쓴지 오늘이 18일째다. 100일이 되면 소원이 이루어지지 않을까?

〈생각의 비밀〉은 생각을 현실로 바꾸게 해주는 데 도움을 준 책이다. 저자의 책을 직접 필사하면서 김승호 대표를 만나는 행운까지 얻었다. 3P 자기경영연구소에서 주최한 김승호 대표의 특강에 참석했을 때, 특강을 마치고 뒷문을 나갈 때 적어도 1명은 강의를 통해 꼭 얻어가는 것이 있을 거라고 했다. 운이 좋게도 그 행운의 주인공은 바로 나였다!

친한 동생과 함께 사업가인 김승호 대표를 서울에서 만났다. 가장 인상 깊었던 점은 1시간에 1,100만 원을 버는 사람이 옆집 아저씨처럼 편안했다는 것이다. 어떤 대화를 이어가든 편안하게 자신의 경험을 들려주었다. 책을 쓰고 싶다고 했을 때 나만의 캐릭터를 찾는 것이 우선이라고 했던 말이 떠오른다. 책을 통해 저자를 만나는 것도 좋았지만 직접 만나면 책에서 발견하지 못한 새로운 관점을 얻을 수 있었다. 마음속에 품은 생각은 무엇이든지 실행할 수 있다는 믿음을 준 책이 바로 〈생각의 비밀〉이다. 나는 매일 세 명의 거인의 어깨에 올라탄다. 그들의 삶의 이야기는 직간접적으로 일상에 영향을 미친다.

내가 생각하는 인생은 즐겁다. 일상에서 둥둥 떠다니는 생각을 붙잡아 실천한다. 새로운 실천은 어제보다 나은 삶을 더해준다. 일상을 어떻게 보내야 하는지에 대한 정답은 없지만 한 조각 한 조각 일상의 퍼즐을 오늘도 맞춰간다. 매일 떠나는 철학 여행이 즐거운 이유다.

2부

일상에서 깨닫다

01
아이의 한 마디

둘째를 낳기 전까지는 다른 세상이 있는 줄 알지 못했다. 출산휴가를 받은 남편은 3주 동안 집에서 집안일을 도왔다. 저녁 모임이 있어 남편이 처음으로 단 3시간 집을 비웠다. 난생처음으로 두 아이를 동시에 돌보게 되었을 때 3시간이 30시간처럼 느껴졌다. 첫째가 대변을 보겠다고 하는데 둘째도 같이 덩달아 신호를 보냈다. 둘째 기저귀를 먼저 해결하고, 한 손으로 둘째를 안고 첫째가 있는 변기로 가서 마무리를 도와주었다. 이것은 시작에 불과했다. 둘째가 아무리 울어도 첫째는 엄마와 같이 놀겠다고 했다. 둘을 동시에 챙기는 것이 익숙하지 않았던 터라 대처능력이 부족했다. 울고 있는 둘째를 안고 있는 시간이 대부분이었기에 첫째 예빈이가 많이 기다렸다.

그날은 무사히 넘어가는 듯 했지만 사건은 몇 일 뒤에 일어났다. 첫째 예빈이가 아주 진지한 목소리로 질문을 던졌다.

"엄마는 왜 예설이만 찾아?"

맞는 말이었다. "예설아, 분유 먹고 자야지.", "예설아, 천천히 먹어.", "예설아, 엄마가 기저귀 갈아줄게.", "예설아, 잘자.", "예설아, 엄마야." 모든 말속에 예설이가 들어갔다. 인정할 수밖에 없었다. 결국 딸의 말에 대답하지 못한 채 꿀 먹은 벙어리가 되었다. 문득 어느 아동 심리학자가 한 말이 기억났다.

"첫째에게 동생이 태어났다는 것은 하늘이 두 쪽 난 충격과도 같다."

둘째 출산 전에 두 아이를 키우는 엄마들에게 수도 없이 들었다. 첫째에게 더 잘해야 한다고. 그런데 막상 출산 후에는 그 사실을 잊고 있었던 게 아닌가? 딸의 말 한마디에 정신이 번쩍 들었다. 첫째 딸을 위한 계획을 세워야겠다는 생각에 친구 엄마들에게 카톡을 보냈다. 8월에 마침 발레 수업이 두 번 휴강 이었다. 어린이집에 같이 다녔던 친구들과 함께 시간을 보내면 좋겠다는 생각이 들었다. 딸과의 두 번의 데이트 일정을 잡고 나니 조금이나마 마음이 편안해졌다.

"엄마, 난 신비아파트가 좋아."

첫째 딸의 관심사는 매번 바뀌었다. 처음에는 뽀로로에서 마샤, 헬로카봇, 시크릿 쥬쥬, 공룡메카드, 구름빵. 지금은 귀신이 나오는 신비아파트에 빠져서 산다. 관심 분야가 생기면 바인더 표지부터 만들어 자료를 차곡차곡 만드는 습관 때문에 딸과 관련된 바인더만 해도 여러 개가 있다. 딸이 관심 가지는 분야는 온 가족의 관심사가 된다. 딸이 보는 텔레비전 채널은 온 가족이 같이 본다. 캐릭터 이름부터 전부 다 알아야 한다. 대화가 통하려면 정확히 알고 있어야 하기 때문이다. .

딸의 관심사를 살피다가 나는 36년 인생을 살면서 어떤 것에 관심을 가지며 살았는지 궁금해졌다. 시간 관리, 마인드, 몸짱, 글쓰기, 책 쓰기, 강연, 공헌, 재능기부, 목표, 출산, 육아, 코칭, 외국어, 한국사가 떠올랐다. 이 중에서 매년 4개 분야를 배우려고 애쓰면서 살고 있다.

작년에 이미지를 넣어 비전 보드를 만들었다. 플래카드 크기로 인쇄해서 안방 문에 붙여두었다. 올해부터는 르네상스 교양인이 되는 목표가 생겼기에 매년 4개의 새로운 배움을 하는 이유가 더 명확해졌다. 올해 배운 분야는 YBM 영어독서지도사, 한국코치협회 KAC이며, 하반기에는 한국사와 조승연 작가의 오리진보카 강의를 들을 생각이다.

조승연 작가의 어머니 이정숙 여사가 쓴 책을 여러 권 읽었다. 조승연 작가의 관심 분야가 생길 때마다 엄마 이정숙 여사는 같이 공부했다고 한다. 프랑스 문화에 아들이 관심을 가졌다면 프랑스 영화를 모두 챙겨서 보고 미술관이나 예술 작품을 감상하면서 아들의 관심사와 관련된 공부를 이어갔다고 했다. 성인이 되어서도 마찬가지로 계속 아들의 관심 분야에 관심을 가졌다고 한다. 자녀의 인생에 함께하는 방법을 찾은 것만 같았다. 딸들의 관심사를 어릴 때부터 함께 공유하면서 공감, 격려, 경청하고 대화의 시간도 많이 갖고 싶어졌다.

아이 덕분에 울고 웃는 일이 많다. 한번은 장난감 정리를 하지 않아 다투는 사건이 있었다. 끝까지 정리하지 않아 앉아서 차분하게 대화를 하는데 도통 듣지를 않는다. 계속해서 설득하는 엄마를 향해 '바보 XX'라는 말을 던졌다. 순간 울분을 참지 못하고 화를 내버렸다. 아이의 말 한마디에 중심을 잡지 못하고 화내는 내 모습에 아직 어른이 되려면 멀었다며 감사일기를 쓰며 반성했다. 마흔이 되면 부동심을 가지고 싶다고 말했건만 아직 갈 길이 멀게만 느껴졌다.

반면에 딸 때문에 웃는 일도 많다.

"예빈이는 아빠 닮았고, 성격은 엄마 닮았어."

내가 자주 하는 말 중에 하나다. 정말 가르쳐주지도 않았는데 내

성격을 빼닮았다. 급한 성격도 닮아서 어딘가 가고 싶은 곳이 있으면 빨리 가야 한다. 유튜브 채널에서 시크릿쥬쥬 방을 본 예빈이는 거기에 가고 싶다고 매일 의사를 표현했다. 갈 때까지 언제 가냐고 물었다. 웃지 않을 수가 없다.

딸을 통해서 나를 발견한다. 나는 기타를 배우고 싶을 때도, 듣고 싶은 강연이 있을 때도 망설임 없이 지르는 편이다. 법륜 스님 강연을 듣기 위해 부산에서 대전까지 가기도 했고, 김미경 강사와 김승호 대표의 특강을 들으려고 서울을 내 집처럼 들락거렸다. KTX를 지하철 타듯이 탔다. 무엇이든지 배우는 것을 좋아하는 사람을 경상도 사투리로 '하고잡이'라고 부른다. 우리 모녀는 하고잡이다.

말하지 못하는 아이도 울음으로 의사를 표현할 수 있다. 둘째 예설이가 40일이 안 된 때였다. 새벽에 울기 시작했다. 울어도 너무 울어서 걱정이 될 정도였다. 머릿속으로는 다음 끼니를 먹을 시간이 한 시간도 더 남았다고 생각했는데 기록한 일지를 보니 내가 착각을 한 것이었다. 지금이 바로 먹을 시간이었다. 아이의 울음소리에서 직감적으로 이상함을 눈치 채서 다행이었다.

내 기억력을 믿고 고집을 부린 적이 없는지 생각해보니 몇몇 사건이 떠올랐다. 유치원에서 첫째가 물통을 깜빡하고 안 가져온 날이 있었다. 월요일 등원할 때 꼭 챙겨오라고 했는데 지난주에 가지고 왔다고 끝까지 고집을 부렸다. 딸처럼 내 기억력만 믿고 우겼던

지난날들을 반성해본다. 어쩌면 딸이 우기는 것도 나를 닮은 건인지도 모른다.

어린 시절 내 꿈은 가수였다. 무대 위에서 노래하고 춤추는 가수라는 직업이 멋져 보였다. 평소 잘하지 못하는 노래와 춤이라 더 멋지게 보였는지도 모르겠다. 어릴 때부터 꿈을 가진 사람은 마음 부자이다. 딸들에게 좋은 생각과 좋은 습관을 길러주는 엄마가 되고 싶었기에 첫째에게 물었다.

"예빈이는 꿈이 뭐니?"
"경찰이요."
"혹시 되고 싶은 이유라도 있니?"
"그냥요"
"엄마는 의미 있는 삶을 살고 싶어서 경찰이 되었어."
"그게 뭐예요?"
"응, 사람들을 돕고 싶어서 그랬다는 뜻이야."

아이러니 하지만 경찰이 되고 나서 꿈을 잃었다. 경찰 이후의 꿈을 설정하지 못한 것이 가장 큰 이유였다. 일상을 보내면서 새로운 꿈을 찾아갔다. 꾸준히 책을 읽으니 글을 쓰고 싶은 욕구가 찾아왔다. 경찰 제복을 입은 지 10년이 되었을 때 첫 책을 출간 이후로 4

년째 글을 쓰면서 새로운 꿈을 찾고 있다. 마스터 코치와 와인 마스터가 되는 것이 나의 다음 목표이다. 어쩌면 10년이 넘게 걸릴지도 모른다. 과정이 만만치 않고 시간이 오래 걸리고 돈도 많이 든다고 한다. 아이에게 새로운 꿈에 도전하는 엄마의 모습을 보여 주는 것이 '너의 꿈을 찾아야 해. 어릴 때부터 꿈이 있어야해.'라고 백번 말하는 것보다 효과적인 교육이라 생각한다. 나는 아이에게 책 읽으라는 이야기를 하지 않는다. 책 읽는 엄마의 모습을 보여줄 뿐이다. 아이의 머릿속에는 엄마는 항상 책 읽으며 공부한다는 인식이 있다. 배 속에 있을 때부터 한결같은 모습을 보여주었다. 아이들에게 좋은 생각과 좋은 습관을 길러주기 위해 '나부터 잘하자'는 마인드로 실천하는데 이 방법은 항상 효과 있다.

피터 드러커의 경영 공부를 할 때 제원우 대표의 라디오 방송을 들은 적이 있다. 아이가 성인이 되면 2천만 원을 선물로 줄 거라고 했다. 그 돈으로 대학을 가든, 사업을 하든, 여행을 가든 뭐든지 알아서 하게끔 하겠다는 취지였다. 여행을 가고 싶으면 2천만 원 한도 내에서 사용해야 했다. 돈을 미리 당겨서 쓸 것인지도 아이들이 선택하게끔 했다.

남편에게 우리 아이들에게도 한 아이당 2천만 원을 지원해주자고 이야기를 꺼냈다. 좋은 생각이라는 데 둘 다 동의했고, 아이들이 고등학교 졸업 후에 지원해주기로 했다. 아이들 곁에서 한결같이 친구 같은 엄마, 지혜로운 엄마의 모습으로 남고 싶다. 매일 아침 자기암시를 외치는 것 중에 이런 문구가 있다.

"나는 예빈이와 예설이에게 좋은 생각과 좋은 습관을 길러주는 지혜로운 엄마다. 자녀와 남편과 함께 전 세계를 여행하며 우리의 역사와 뿌리를 알고 자신만의 강점을 발견하게 해주는 엄마와 아내다."

매일 아침 반복해서 외치는 문구처럼 아이들의 삶에 연결고리가 되어주고 싶다. 좋은 생각과 실천이 일상에 녹아나는 연결고리 말이다. 엘리베이터를 타면 먼저 인사하는 아이, 스스로 밥 먹는 아이, 거짓말하지 않는 아이로 밝게 큰 두 딸을 보기 원한다. 그러려면 나부터 잘하면 된다. 그런 의미에서 자녀는 바로 나다. 잊지 말자.

02

두려움과 상실

경찰 수험생일 때, 형법에서 조건설이라는 것을 배웠다. 현재 존재하는 것을 없다고 가정해서 생각해보는 것이 조건설이다. 집에 있는 가족사진을 들여다보며 엄마인 나를 지워보았다. 사진 속에 있는 나를 지웠을 뿐인데 허전해 보였다. 내가 실제로 일상에서 없다고 생각하니 잠시였지만 뭔가 모를 아픔이 느껴졌다.

어린 시절 나는 제대로 된 가족사진 하나 없었다. 외동딸로 태어나 평범한 가정에서 자랐다. 가족초청으로 뉴욕으로 이민을 갔다. 나처럼 이민 온 다른 한국인 친구도 있었다. 평범한 일상을 하루아침에 바꾼 계기가 있었다. 바로 엄마의 죽음이었다.

엄마가 일상에서 사라질 수 있다는 생각을 하지 못했다. 초등학교 6학년에게 죽음이라는 의미는 실제로 와닿지가 않았다. 매일 같이 밥 먹고 수다 떨고 함께 자는 엄마가 사라졌다는 사실을 실감했을 때는 이미 엄마는 떠나고 없었다. 사진 속에서만 엄마를 볼 수 있다는 사실을 알았을 때는 절망감이 땅을 치고 있을 때였다. 엄마가 떠나신 후, 아빠는 한국으로 돌아가고 고모와 할머니가 나를 키웠지만, 엄마의 빈자리는 채워지지 않았다. 고삐 풀린 망아지처럼 삶의 의욕이 사라졌다. 마치 하루살이 같았다. 열심히 살아야 할 명분이 없었다. 시간이 흘러가는 대로 살 뿐이었다. 공부보다는 생각 없이 노는 것에 몰두하며 무엇이 잘못된 것인지도 모른 채 그냥 흘러가는 대로 살았다.

엄마가 돌아가시기 전, 엄마와 단둘이서 원룸을 구해서 살았던 적이 있었다. 작은 공간이었지만 벽에는 좋아하는 가수 사진이 빽빽이 붙어 있었다. 엄마와 한 침대에서 잤고, 식사시간에는 학교에서 무슨 일이 있었는지 수다쟁이가 되어 이야기를 주거니 받거니 했다. 식탁 위에 화초를 키웠는데 주렁주렁 줄기가 자라서 벽면 한 부분을 차지하고 있었다.

행복이 가득한 공간에서 엄마는 어느 날 갑자기 배가 아프다고 바닥에서 뒹굴었다. 배를 움켜잡고 아프다고 하는 엄마 옆에서 할 수 있는 것이라고는 짧은 영어로 구급차를 부른 것 밖에 없었다. 낯선 땅 뉴욕에서 처음으로 구급차를 타고 동네 인근 병원 응급실로 향했다. 매일 걸어서 지나가던 병원을 구급차를 타고 엄마와 함께 오게 될 줄은 몰랐다. 그때까지만 해도 엄마를 잃게 될 것이라는 생각은 하지 못했다. 바쁘게 돌아가는 응급실 한구석에서 하루를 보냈다. 낯선 외국 사람들 틈에서 엄마와 두 손을 붙잡고 모든 게 괜찮아질 거라고 주문을 걸면서 말이다.

입원실로 옮겨져 오랫동안 각종 검사를 했지만, 배가 아픈 원인을 발견하지 못했다. 마지막으로 수술을 권했다. 수술만 받으면 모든 게 괜찮아질 거라고 믿었는데 슬픈 소식을 전해주었다. 말기 혈액암이라서 손을 쓸 수가 없으니 마음의 준비를 하라는 것이었다. 그때부터 장기 입원이 시작되었다.

엄마는 살려는 의지가 있었기에 항암치료가 시작되었다. 머리카락이 빠지고 눈에 띄게 말라가기 시작했다. 음식을 드실 수가 없어서 코로 우유를 흡입했는데 장기간 이어지다 보니 코가 헐기 시작했다. 배 쪽에 구멍을 내면 편하다는 말에 시술을 했다가 참을성 많은 엄마가 딱 한 마디 했다.

"괜히 했다. 너무 아프다."

많은 아픔이 있었지만, 항암치료 덕분에 건강이 호전되어 퇴원할 수 있었다. 잠시였지만 몇 달간 행복이 가득했던 집으로 돌아갈 수 있었다. 전과 다른 일상이었지만 원룸에서 엄마와 일상을 보내는 따뜻한 시간이 허락되었다. 엄마와 마지막 어린이날을 보냈던 기억이 아직도 생생하다. 마지막이라고 짐작했던 걸까? 엄마는 나를 백화점에 데리고 가더니 운동화니 봄 잠바니 비싼 물건을 사주셨다.

얼마 후 병이 재발하여 입이 돌아가고 몸이 말을 듣지 않아 병원에 재입원했다. 그때부터 엄마 곁에 더 있고 싶어서 아빠와 함께 병원 지하에 있는 맥도날드에서 햄버거로 끼니를 때웠다. 저녁 7시만 되면 가족을 돌려보내는 탓에 식사를 빨리하고 엄마 곁에 있어 주는 것이 내가 할 수 있는 유일한 것이었다. 엄마는 자신이 떠날 것을 알아차린 듯했다. 돌아가시기 전부터 나에게 화도 내고 혼을 많이 냈다. 지금 생각하면 정 떼려고 그러셨던 것 같다. 옆으로 매는 책가방에 화이트로 낙서하는 것이 당시 유행이었다. 친구들을 따라했는데 엄마는 평소와 다르게 역정을 냈다. 가끔 누군가 와서 자기를 데려가려고 한다는 말까지 했다. 그게 무슨 뜻인지는 커서 알게 되었다.

엄마는 비가 부슬부슬 내리는 새벽에 조용히 혼자 세상을 떠나셨다. 낯선 땅 뉴욕에서 어린 딸을 두고 떠나는 마음이 어떠했을지 직접 딸을 키워보기 전까지는 감히 상상도 하지 못했다. 내 배 아파서 두 딸을 낳고, 키워보니 엄마가 나를 두고 떠날 때 엄청 힘들었겠다는 생각이 들었다. 지금은 내 곁에 있는 두 딸을 매일 보고,

만지고, 이야기 할 수 있는데, 하루아침에 볼 수도, 만질 수도 없다고 생각하는 것 만으로도 지옥에 떨어진 것 같은 기분이 들었다. 얼마나 힘들었을까? 어린 딸을 홀로 남겨두고 떠나야만 한다는 마음이 말이다. 성인이 되어 출산 후에 두 아이를 키우면서 서서히 엄마의 마음이 이해되었다. 엄마를 잃은 상실감은 인생의 뼈아픈 한 부분으로 자리 잡았지만, 덕분에 철이 빨리 들었고 죽음을 더 많이 떠올리는 사람이 되었다. 상실을 넘어서서 새로운 사람으로 거듭나고 있었다.

전 세계적으로 유명한 뉴욕의 상징 쌍둥이 빌딩이 무너질 당시 나는 그 현장에 있었다. High school of Economics & Finance라는 고등학교에 다니고 있었다. 사고 당시 대피하기 위해 건물 1층으로 나왔을 때 마주한 것은 건물을 뚫고 지나간 비행기 두 대였다. 건물 고층에서 창밖으로 살려달라고 소리치던 사람들의 모습이 아직도 기억 속에 남아 있다.

선생님의 지시대로 학교를 벗어난 강가 쪽으로 대피하던 중에 전화를 걸기 위해 공중전화 부스 앞에 줄을 섰다. 대기 중에 눈앞에서 건물 하나가 무너지기 시작했다. 회오리 같은 먹구름이 앞으로 돌진했다. 나는 살기 위해서 뛰었다. 재난 현장에서 할 수 있는 것이라고는 무조건 살아남겠다는 의지뿐이었다. 왜 이런 일을 겪어야 하는지 이유도 모른 채 뛰고 또 뛰었다. 앞이 보이질 않아서 두려웠다. 숨도 잘 쉬어지지 않았다. 누군가 건네준 물에 적신 손수건으로 겨우 몇 번의 긴 숨을 몰아 내쉬고 또다시 미지의 세계를 향해서 달렸다.

하늘이 도운 걸까? 사람들이 몰려가는 곳으로 밀려가다시피 하여 첫 번째 배에 탈 수 있었다. 그 배에 탄 사람들은 행운아들이었다. 공포의 현장을 빨리 벗어날 수 있었으니 말이다. 쌍둥이 건물에서 도피해온 사람들과 주변 건물에서 도망쳐 나온 사람들 틈에서 구명조끼를 착용했다. 혹시나 배가 가라앉을지도 모르는 상황을 대비하기 위함이었다. 시로의 손을 붙잡고 울면서 기도했다. 여기서 살아나간다면 정말 착하게 살 거라고 얼마나 기도했는지도 모른다.

배가 출발하기 전까지 긴장의 연속이었다. 배가 가라앉을지도 모른다는 말도 들려왔다. 천식이 있어 숨을 못 쉬겠다며 창문으로 밖으로 탈출하려는 사람도 있었다. 점점 말수가 줄었고 몸은 냉동 창고에 들어가 있는 것처럼 후들후들 떨렸다. 머리와 몸은 둘 다 걱정하고 있었다. 살아서 나가야 한다는 생각뿐이었다. 온갖 두려움 끝에 드디어 배가 출발했다.

걱정했던 것과 달리 맨해튼 반대편에 도착해서 내릴 때 모두 환호를 불렀다. 살아남았다는 이 순간의 감격은 말로 형용할 수 없었다. 비록 겉모습은 전쟁에 참전한 용사처럼 엉망이었지만 아직 전

쟁을 치르고 있는 것처럼 보이는 맨해튼을 바라보니 이젠 살았구나 하는 안도감이 밀려왔다.

그때 현장에서 아직도 살기 위해서 발버둥 치고 있을 사람들이 떠올랐다. 다행히도 나는 첫 배를 타서 건물이 무너진 현장을 재빨리 도망칠 수 있었지만, 대참사가 있기 전, 사람들을 구출하기 위해서 현장으로 들어가던 경찰관과 소방관들의 모습이 떠올랐다. 나와 반대 방향으로 가던 사람들 말이다. 살겠다고 현장을 떠나는 사람들 속에서 자신의 임무를 다하기 위해 대피하지 못한 사람들과 미처 빠져나오지 못하고 건물에 갇혀 있던 사람들의 생사에 대한 생각은 내가 살고 나서야 떠올랐다.

뉴욕에서 초, 중, 고등학교에 다니면서 좋지 않은 일만 일어났다고 생각했다. 엄마의 죽음과 9.11 테러의 경험은 생각하기 싫은 끔찍한 사건인 줄만 알았다. 하지만 극심한 두려움과 가족을 잃은 아픔을 통해서 더 단단해졌다. 아픈 기간만큼 자신을 돌아보는 시간도 많이 가졌다. 일상에서 의미를 찾기 위해 더 많이 고민하고 생각하는 것도 어쩌면 어린 시절 아픔을 겪어서인지도 모르겠다. 아픔 뒤에는 행복이 찾아온다. 행복 뒤에는 또 다른 아픔이 찾아온다. 세상은 좋음과 나쁨의 반복이다.

제복을 입으면서 세상에는 내가 겪은 아픔보다 더 큰 아픔이 많다는 것을 눈으로 보고 마음으로 느낀다. 아픔을 겪어본 사람은 아픈 이들의 마음을 누구보다 잘 안다. 경찰이라는 직업은 아픔이 많은 사람들을 만나기에 내가 가진 상실과 두려움의 경험이 빛을 발할 수 있는 직업임이 틀림없다. 마음의 병은 마음으로 풀어야 한다. 나와 비슷한 아픔을 겪은 사람을 위로해주고 돌봐주는 것을 내가 해야 할 일로 여긴다. 그들과 나누는 대화를 통해서 어제보다 성장하면 된다. 두려움과 상실은 벗어던질 수 있는 것이다.

03
나와 내 가족은 어떤 존재인가

"거대한 행운이 황미옥을 덮칠 것이다. 거대한 행운이 쉬지 않고 계속해서 황미옥을 덮칠 것이다."

잠에서 깨자마자 외우는 주문이다. 〈생각하는 인문학〉의 저자인 이지성 작가의 유튜브 영상을 보면서 알게 된 문구이다. 고 스티브 잡스는 자신에게 '어떤 사람으로 기억되고 싶은가?'라는 질문을 매일 던졌고, 빌 게이츠는 '거대한 행운이 덮칠 것이다'라고 되풀이해서 말했다고 한다. 얼마 전까지만 해도 나는 스티브 잡스와 같은 질문을 스스로에게 자주 했다.

예전에 피터 드러커의 책을 번역한 고 이재규 씨의 오디오북을 출퇴근하는 차 안에서 들은 적이 있는데 친구들이 대구에 놀러 오면 거절하지 못하고 어울려서 술을 마시고 다녔다고 했다. 1차, 2차, 3차까지 이어지는 술자리로 인해 결국 다음날 해야 할 일인 번역작업이나 책 집필 같은 중요한 일을 미루기 일쑤였다. 이런 상황이 매번 되풀이되자 드디어 술을 택하든지 집필을 택하든지 결단을 내려야할 순간이 왔다. 죽기 전에 무엇으로 기억되고 싶은지 생각하니 술 마시는 사람이 아닌 피터 드러커를 한국에 알린 사람으로 남고 싶어졌다고 했다. 그 때부터는 친구들이 대구에 오더라도 만나지 않고 책 집필에 몰두 할 수 있었다고 했다.

술자리와 관련해 같은 생각을 하고 있었던지라 이재규 씨의 이야기는 내 삶에 큰 영향을 끼쳤다. 결국 나 또한 술을 자제하게 되었다. 술이 아닌 글 쓰는 사람으로 기억되고 싶었기 때문이다. 새벽에 맑은 정신으로 매일 글 쓰고 싶어서 저녁 술자리 식사보다 점심을 즐기게 되었다.

얼마 전까지만 해도 나는 스티브 잡스와 같은 질문을 스스로에게 자주 했었다. 그런데 최근에는 '거대한 행운이 덮친다.'라고 외치는 중이다. 매일 거대한 행운을 끌어당기는 효과를 본다. 기분 좋은 일이 매일 생긴다. 출산 후 마시지를 해주던 문숙회 관리사님, 시간 관리 재능기부를 해드린 김옥경 코치님 등 몇몇 지인들도 매일 아침 함께 외친다. 실천해서 좋은 것을 주변에 알렸더니 복이 두 배로 왔다.

일상을 즐겁게 해주는 방법 중 하나는, 매일 좋아하는 일을 할 수 있는 자유재량 시간을 확보하는 것이다. 뜨거웠던 작년 여름, 경찰 기동대에서 특강을 한 적이 있었다. 처음에는 여경만을 위한 강의였는데 갑자기 일정이 바뀌어 남경을 포함해 200여 명의 동료 앞에서 강의를 하게 된 것이다. 불규칙한 근무시간으로 어떻게 하면 시간을 잘 활용해서 일도 하면서 승진 공부를 잘 병행할 수 있을지 고민하는 동료들이 많았다. 나만의 시간 관리 비법을 이야기할 때 그 어느 때보다 눈이 빛나는 것이 느껴졌다. 자기가 좋아하는 일을 할 때는 눈이 살아있다.

지금은 출산휴가 기간이라 일 대신 두 딸을 잘 돌보는 것이 내 임무이다. 매일 육아하는 시간, 잠자는 시간, 집안일 하는 시간을 제외하면 나에게 서너 시간이 확보된다. 저녁이 될수록 체력도 고갈되기 때문에 새벽 시간에 가장 즐거워하는 글쓰기와 독서를 하려고 한다. 둘째를 낳기 전에는 새벽 시간이 모조리 내 시간이었다. 지금은 모조리 둘째 위주로 돌아간다. 대신 아기가 자는 시간에 집중해서 글 쓰고 책을 읽는다. 함께 사는 남편도, 글 쓰는 동료들도, 몸조리를 해야 하니 글 쓰지 말고 푹 쉬라고 한다. 그러나 나에게는 글 쓰는 시간이 휴식 시간이다. 모든 것을 잊고 집중하면서 힐링 되는 시간이다.

두 다리 뻗고 누워있는 것만이 휴식이라고 생각하지 않는다. 누워있다 보면 누워서 할 수 있는 일을 찾게 된다. 얼마 있지 않아 티브이 리모컨을 잡고 있을 것이다. 나는 내가 천성적으로 게으르다는 것을 안다. 티브이를 좋아하는 것도 안다. 한번 시작하면 뿌리를 뽑는 성격인지라 티브이를 켠 순간 '티브이 본지 오래 되었으니까……' 하고 자신을 합리화시켜 다른 중요한 일은 제쳐놓은 채 티브이만 보고 있을 게 뻔하다. 그러는 대신 매일 고정적으로 2시간 정도의 자유시간을 확보하여 24시간 중에서 작가를 위한 자유재량 시간으로 설정했다. 앞으로 점차 늘려갈 생각이다.

연간계획 세우기, 배움과 나눔, 후배에게 추억할 수 있는 선배 경찰되기, 글쓰기와 독서로 성장하는 삶. 황미옥이라는 사람을 떠올리면 생각나는 것들이다. 경찰이 된 지 몇 년 안 되었을 때, 신문에서 기사를 보다가 여형사라는 타이틀에 매료되었다. 자세히 읽어보니 중앙경찰학교에서 교육받을 때 특강을 해주신 박미옥 선배님이었다. 이름이 같아서 같이 사진 찍자고 부탁드렸었는데 생각이 나서 사진을 찾아보니 사진이 남아 있었다.

문득 이름이 같은 선배님은 어떻게 사시는지 궁금해졌다. 경찰 내부망 메일로 만나 뵙고 싶다고 편지를 썼다. 특별한 이유도 없었다. 형사의 삶을 살고 계신 선배님의 삶이 궁금한 게 전부였다. 반갑게 와도 된다고 하셨다. 마침 서울에 갈 일이 있어 서울역 근처에 있는 경찰서에 들렀다. 점심을 사주시고 경찰서 근처에 있는 자신의 집에도 데리고 가주셨다. 조금 놀랐다. 집까지 초대받을 줄은 몰랐다. 읽고 있는 책을 소개해주시기도 하고 평소 궁금했던 것들도 서로 물어보며 자연스럽게 대화를 나누었다.

〈나는 오늘도 제복을 입는다〉 책을 읽고 순경채용시험 면접을 앞둔 수험생에게 연락을 받았다. 만나고 싶다는 의지를 비친 수험생에게, 10년 전 박미옥 선배님이 나를 집에 초대해주신 것처럼 나도 그녀를 집으로 초대했다. 12년 차 경찰 생활을 하고 있는 모습을 그대로 보여주고 싶었다. 대화를 나누고 나서 박미옥 선배님이 왜 나를 집으로 초대해주셨는지 조금 알 것 같았다. 후배에게 자신이 사는 자연스러운 모습을 보여주고 싶으셨던 건 아니었을까? 12년 동안 제복을 입으면서 혼자가 아닌, 같이 걸어가는 법을 배웠다. 여전히 더 배울 것이 많지만 '배워서 남 주자!'라는 모토로 나를 가꿔나간다.

남편은 10년 전 서울 남산타워에서 내게 프러포즈를 했다. 경상도 사나이답게 말 대신 행동으로 보여주었다. 자그마한 케이크에 이 한 마디를 남겼다. '잘 살자.' 남편의 바람대로 우리 가족은 결혼 10년차에 둘째를 출산해서 잘 살고 있다. 주변을 둘러보면 결혼 10년이면 자녀들이 초등학생인 사람들이 있다. 반대로 결혼 10주년인데 첫아이를 낳은 지인도 있다. 두 가지 경우에 비하면 우리 가족은 늦지도 빠르지도 않은 딱 중간이다. 결혼 10년 동안 한 가지 터득한 것이 있다면 다른 가족이 아닌 '우리' 가족에게 집중해야 한다는 것이다. 다른 가족과 비교하지 않고 하늘에서 주어진 대로 감사히 여기며 산다.

몇 년 전 남편과 처음으로 10킬로미터 마라톤에 도전한 적이 있었다. 남편 혼자 뛰었으면 벌써 완주했을 텐데 나에게 맞춰준다고 천천히 뛰어주었다. 처음 마라톤을 했을 때 내 머릿속에는 딱 두 가지 생각뿐이었다. 광안대교를 쉬지 않고 한 번에 뛸 것, 시간에 상관없이 무조건 완주할 것. 천천히 뛰었지만 쉬지 않고 한 번에 광안대교를 남편과 끝까지 뛰었다. 완주 후에 마신 음료수가 꿀맛이었다. 모든 건 마음먹기에 달렸다는 것을 배웠다. 오래달리기에 쥐약인 내가 10킬로미터를 완주했다는 사실은 엄청난 기적이었다. 살면서 무엇인가를 포기하고 싶은 순간이 오면 10킬로미터 마라톤 할 때를 떠올린다. 나는 한 번에 광안대교도 달린 사람이라며 스스로 자존감을 세워준다. 그러면 이 세상에서 못할 것은 없다.

맛있는 것을 먹을 때, 좋은 곳에 가면 제일 먼저 생각나는 사람들이 가족이다. 어릴 때 나는 친할머니와 함께 살았다. 할머니는 절에 다녀오시는 날에는 비닐봉지에 먹을 것을 싸 오셨다. 그냥 거기서 먹고 오지 뭘 이렇게 힘들게 싸 왔냐고 소리를 하곤 했다. 결혼하고, 자식을 낳아 키워보니 그 마음을 알 것 같다. 할머니는 집에 있는 가족이 생각나서 챙겨오신 거였다.

나는 한 번씩 몸살을 심하게 앓는다. 올해도 예외 없이 몸살이 와서 집에서 이불을 덮고 누워 있었다. 마음이 쓰이셨던지 어머니가 죽을 끓여 오셨다. 가족은 몸이 아프거나 힘든 상황이 닥쳤을 때 누구보다 자기 일처럼 걱정해준다. 나이가 많아야 가족을 챙길 수 있는 게 아니다. 마음만 있으면 된다는 것을 요즘 들어 깨달았다. 지금부터 마음만으로도 가족을 챙길 수 있다. 돈과 시간을 내야만 하는 게 아니다. 늦었지만 지금이라도 깨달아서 다행이다. 진정한 가족의 의미는 함께하는 마음인 것이다.

남편에게, 속에 있는 말을 다 할 수 있는 친구가 몇 명이나 되는지 물어본 적이 있다. 남편은 없다고 했다. 굳이 찾자면 나라고 했다. 각자 다른 환경에서 평생을 살아왔지만 십 년 동안 같이 살면서 눈빛과 말투만 봐도 서로가 무엇을 원하는지 알아차린다. 만약 집에 복숭아가 남아서 남편이 '복숭아 먹을래?'라고 물을 때 "어쩌지? 먹어야 하나?"라고 고민되는 답을 하면 남편은 복숭아를 깎아서 준다. 거절하지 않는 이상 먹겠다는 것임을 십 년 동안 살면서 경험으로 알기 때문이다.

가족은 어쩌면 러닝머신과 같을 때가 있다. 러닝머신은 천천히 달리거나 빨리 달릴 수 있으니 속도 조절이 가능하다. 가족 곁에 살면서 오랫동안 천천히 행복한 삶을 유지할 수 있다. 주말부부나 멀리 떨어져서 살면 그 행복이 빨리 달아날 수 있다. 러닝머신을 사용하지 않으면 옷걸이로 탈바꿈하기도 한다. 챙기지 않으면 남보다 관계가 소원해지는 것이 가족이다. 러닝머신으로 건강을 관리하듯이 가족도 관리가 필요하다. 직장에서는 상사에게 싫은 소리를 들어도 참으면서 왜 가족에게는 그렇게 하지 못하는 것일까? 최근에 고모와 별것 아닌 일로 다투면서 든 생각이다. 가족에게 말하기 전에 5초만 생각하기. 누구보다 내 말에 가장 상처받는 가족에게 잘하기 위해서 어렵지만 시도하고 있다.

가정보다 내가 먼저다. 나의 행복이 보장되지 않는다면 가족을 향한 헌신도 행복하지 않을 것이다. 내가 더 행복하기 위해 가족이 자는 새벽에 자유재량시간을 늘려간다. 가족과 함께하는 시간을 늘리기 위해서라도 먼저 나만의 자유시간이 필요하다는 사실을 절대 잊어서는 안 된다. 나 플러스(+) 가족이다. 이 둘은 세트이다. 있을 때 잘해야 한다.

가족과 다투거나 몸이 아플 때는 나를 돌아보아야 한다. 이것은 나에게 보내주는 경고신호이다. 잘못 된 것이 있으면 바로 잡을 기회로 받아들이자. 가족과 소원해지면 마음이 불편해진다. 이 불편한 마음은 어디를 가도 자신감을 떨어뜨린다. 나와 내 가족을 위한 평온한 마음을 만들기 위해 오늘도 웃는다.

04
사명에 대하여

　9.11 테러 사건을 겪기 전까지는 딱히 사명이라는 것이 없었다. 그 사건을 겪은 후 한 가지 달라진 것이 있다면 그것은 내가 가진 생각이다. 의미 있는 삶을 살고 싶다는 생각을 가지게 된 것이다. 뉴욕 맨해튼 테러 현장에서 사람들을 구하던 경찰관과 소방관의 모습 때문이었다. 대피하던 사람들과 반대 방향으로 돌아가 위험에 처한 시민을 한 명이라도 더 살리려고 하는 모습이 오랫동안 잊히지 않았다. 이제껏 시간을 헛되이 보내며 살았던 것을 반성했다. 의미 있는 삶. 그것이 무엇인지도 잘 몰랐지만, 경찰이라는 직업을 경험해보고 싶었다.

　중요한 것은 스스로 결정했다는 사실이었다. 결정을 내린 순간부터 일은 일사천리로 진행되었다. 여덟 번 만에 필기시험에 합격했고, 결국 그토록 원하던 경찰이 되었다.

　뒤늦게 책 읽는 즐거움을 알게 되면서 독서에 빠졌다. 책에 밑줄을 그으며 치열하게 읽었다. 필사도 했다. 어쩌면 독서만 하면서 평생 살 수도 있겠다는 생각마저 들 정도였다. 미친 듯이 읽다 보니 어느 순간 글을 쓰고 싶은 욕구가 생겼다. 책에 빠졌을 때처럼, 글 쓰고 싶은 순간이 찾아왔을 때 좋은 인연들이 자연스럽게 연결되었다. 〈어메이징 땡큐 다이어리〉 공저를 출간하게 되었다. 이어서 부산에서 작가 수업을 듣게 되면서 이은대 작가님을 만났다. 3번의 강의를 듣고 책을 쓰기를 시작하면서 어쩌면 경찰 일을 하면서도 평생 글을 쓸 수 있겠다는 생각이 들었다.

이것이 6번째 책이다. 왜 책을 출간하는 걸까? 경찰 일만 하기도 버거운데 말이다. 지금은 육아만 하기도 벅차다. 하지만 글을 쓰고 책 읽는 작가의 삶이 내 직업이라고 생각하기 때문에 힘들다기 보다 당연히 하는 일이 되어버렸다. 하늘이 두 쪽 나도 내 직업은 경찰, 그리고 작가이다. 두 직업 모두 많은 돈을 벌게 해주진 않지만 의미 있는 삶을 가져다주는 것은 확실하다. 블로그 쪽지로 경찰 공부 중인 수험생이 보낸내온 글만으로도 책 쓰기 정말 잘했다는 생각이 들었다.

"수험서 사러 서점에 갔다가 작가님 책을 만났어요. 시간이 부족해서 다 읽진 못하지만, 공부 안 될 때 한 챕터씩 읽어요. 자극을 주셔서 감사하다고 말하고 싶어 연락드렸어요."

2년 전에 방영한 드라마 〈라이브〉를 지난달에 봤다. 마지막 편에

오양촌 경위가 도망간 내 사명감 돌려달라며 오열하는 장면이 나온다. 한동안 사명감에 대한 생각에 사로잡혀 있었다. 몇일 전 동료들과 함께 글 쓰는 카페에 사명감이라는 주제로 글 썼다. 동료들의 생각도 알고 싶었다. 거창한 사명감보다 '밥값은 하자!' 라는 마인드를 가지고 있는 동료가 있었다. 어떻게 하면 사명감을 찾을 수 있을까? 아니, 어떻게 하면 사명감이 있는 채 평생 일할 수 있을까? 사명감을 책임감이라는 단어로 바꿔보면 어떨까? 두 어깨에 놓인 계급장, 두 자녀 잘 키우기, 황미옥의 꿈 실현, 독자를 위한 글 쓰는 삶 등을 떠올리면 책임을 다하는 모습이 떠오른다. 매일 나답게 살아내는 것. 그것이 밥값 하는 삶이 아닐까?

지금까지 찾은 사명을 말하라면 '르네상스 맨'이라고 말하고 싶다. 글쓰기 전에는 경찰조직에서 전문가가 되고 싶었다. 학사학위, 석사, 박사학위까지 공부해서 한 분야에서 전문가가 되는 게 성공한 인생이라고 생각했다. 최근에 조승연 작가의 책을 여러 권 읽으면서 '르네상스 맨'이라는 단어를 접하고 다양한 분야에 관심을 가지는 중이다. 미술, 음악, 건축과 같은 분야는 몰라도 되는 분야라고 생각했었는데 지금은 생각이 다르다.

피터 드러커는 한 분야를 정해서 3년간 몰두한다고 한다. 박사학위 공부하듯이 한 주제를 파고든다. 나의 경우, 남은 24년 정년 동안 3년씩 몰입하면 8개의 분야를 배울 수 있다. 그보다 더 좋은 방법을 알게 되었다. 매일 카톡 하는 사이인 이경애 원장님으로부터 사진 한 장을 받았다. 삼각형을 그려보자. 왼쪽 축은 20대에 보낸 1만 시간이다. 오른쪽 축은 30대에 보낸 1만 시간이다. 마지막 남은 윗부분은 40대에서 50대에 보낸 1만 시간이다. 3번째 발자국을 가장 멀리 내디뎌야 한다. 이 사진을 보내 준 이경애 원장님은 마지막 축의 시간을 보내고 있다고 했다. 벌써 2만 시간을 20대부터 채웠다고 한다. 내가 걸어온 길을 돌아보았다. 20대에는 책 읽으며 많은 시간을 보냈다. 30대에는 글쓰기를 만나 꿈 넘어 꿈을 찾았다. 삼십대 중반인 지금 나에게 관심 있는 분야를 3개 찾으라면 글쓰기와 독서, 코칭 그리고 와인이다. 3개의 삼각형 꼭지를 1만 시간씩 채우기 위해서 오늘도 부지런히 걷는다.

사명을 발견하기 위한 좋은 방법은 한 권의 책을 반복해서 읽는 것이다. 무무잉글리쉬 이경애 원장님이 알려준 문장이 있다. 〈듣기만 해도 머리가 좋아지는 책〉에 나오는 내용이다. 제목은 '승자로 가는 길'이다. 매일 반복해서 읽고 있다. 그날 컨디션에 따라서 와닿는 문장도 다르다. 인간관계에 문제가 있는 날은 와닿는 문장 하나만으로도 치유에 도움이 된다. 매일 반복해서 읽으면 집중력을 길러주는 데도 도움이 된다.

〈위대한 상인의 비밀〉이라는 책은 하나의 두루마리를 하루에 3번 읽기를 권한다. 책에는 10개의 두루마리가 있다. 다 읽으려면 10

개월이 걸린다. 둘째 예설이 백일이 지나면 도전해보려고 한다. 〈나폴레온힐이 대학에서 강의한 성공학 노트 1〉에 보면 '명확한 목표'라는 챕터가 있다. 일주일 간격을 두고 4번 읽어 볼 것을 추천한다. 〈나폴레온 힐의 성공법칙〉과 같은 책이다. 나는 이번 주에 4번째 읽고 있다.

3개의 소원 쓰기를 함께 했던 해영 선배는 내가 가장 잘하는 것이 '도전'이라고 했다. 생각해보니 맞는 말이다. 매 순간 실천하고 싶은 아이디어가 생기면 도전했다. 두려운 동시에 설렌다면 무조건 진행했다. 명확한 사명을 발견하지 못해 조바심 났던 때가 있었다. 환갑이 넘으신 분이 자신의 사명을 오십이 넘어서 찾았다는 말에 사명을 삼십대에 발견하지 못하는 것은 어쩌면 당연한 것인지도 모르겠다는 생각이 들었다. 매일 조금씩 배우고 익히고 깨닫는다면 언젠가 발견하게 될 것이라는 믿음이 생겼다. 점점 마음이 편안해졌다.

올해도 목표설정을 해두었다. 목표를 달성한 후에는 내년에 무엇을 배울 건지 정해야 한다. 사명을 찾아가는 여정은 배움의 연속이다. 고등학교 졸업과 동시에 스스로 배우는 시간이 더 늘었다. 배울수록 부족한 모습이 더 많이 보인다. 삶의 퍼즐을 하나씩 맞춰가면서 사명과 관련된 퍼즐도 함께 만들어가고 있다. 일상에 새로움을 추가하며 하나씩 하나씩 만들어간다.

해영 선배는 출산 후에 몸짱 프로젝트를 시작했다. 다른 사람에게 드러내기 힘들 법한 출산 후 몸 사진을 찍어서 글 쓰는 경찰 카페에 올렸다. 100일 동안 식단을 꾸준히 관리하고 변화된 몸 사진을 공개했다. 몇 달이 지나 아들딸을 안고 자신이 원하던 모습대로 바디프로필 사진을 멋지게 찍는데 성공했다.

선배는 살을 빼기 위해서 음식의 종류를 줄이지 않았다. 커피, 쿠키, 와인을 자유롭게 먹었다. 대신 음식의 양을 조절했다. 살 뺄 때 먹고 싶은 것을 참으면서 빼는 것은 실패하기 마련이다. 반대로 먹고 싶은 거 다 먹으면서 살 빼는 방법이 있다면 쉽게 성공할 수 있을 것이다. 사명 찾기도 마찬가지다. 세상사를 구경하면서 사명을 발견 하는 사람과 사명 찾겠다고 너무 조급해하는 사람과는 분명 다른 결과를 안겨다 줄 것이다. 간곡히 원하는 것이 있으면 최선을 다하고 하늘에 맡겨야 하듯이, 오늘 하루를 최선을 다해 살았다면 결과는 하늘에 맡겨보자. 조금씩 사명을 알아가는 느낌만으로 충분하다. 더 나은 사명을 발견하기 위해서 오늘도 글을 쓰고 책을 읽는다. 가족과 즐겁게 지내고 지인과 맛있는 커피를 마시며 수다도 떤다. 마음이 편해야 한다. 평온한 마음이 완벽한 사명을 가져다준다고 믿으며 오늘도 열심히 걷는다.

05
하지 말아야 할 것

여경 후배 중에서 특별히 정이 가는 사람이 있다. 아침에 출근하면 전날 야간 근무했던 후배는 근무복을 갈아입고 내려온 나에게 속삭인다.

"선배님 지구대 청소했어요. 안 하셔도 돼요. 쉬어요."

같은 말이라도 기분 좋게 하는 능력이 있다. 후배와 1년 동안 같은 지구대에서 근무하면서 이야기를 많이 나누었다. 책도 빌려주었는데 돌려받으면서 한 권의 책을 선물 받았다. 책 첫 페이지에는 '황미옥 선배님께' 라고 적혀 있었다. 선물 받은 책은 롤프 도벨리의 〈불행 피하기 기술〉이다. 책 앞쪽에 평소 생각하던 지혜가 담겨 있어 소개한다.

"완벽한 계획보다 적절한 수정이 우선이다."

수정은 변화를 뜻한다. 11월이 되면 다음 해 연간계획을 세운다. 11월부터 계획을 세우는 이유는 충분히 생각하는 시간을 갖기 위해서이다. 어디를 가든 종이 한 장을 가지고 다닌다. 시간이 허락하는 곳이라면 언제든 꺼내서 생각을 남긴다. 5개 삶의 영역에서 어떻게 균형 있게 살 것인지 고민한다. 12월 말에 내년 연간계획이 완성되면 그 때부터는 시작이다. 한 해를 보내다 보면 적절한 수정이 필요할 때가 있다.

올해만 하더라도 2월에 경찰 동료의 목표달성을 돕기 위한 코칭 공부와 딸을 위한 영어독서지도사 과정을 동시에 시작했다. 작년에 계획 잡을 때는 하나 끝내고 나서 다른 것을 시작할 것으로 계획했으나 실제로 시작하려고 하니 동시에 할 필요성을 느껴 계획을 수정했다. 목표설정 후에는 목표를 수정해나가는 작업이 중요함을 깨달았다.

목표만 설정하고 그대로 방치한다면 연말이 되었을 때 남는 건 이행하지 못한 계획뿐이다. 연말이 되어 한 해를 돌아볼 때 전략적으로 열심히 산 모습을 발견하기 위해서는 목표 수정이 관건이다. 목표수정이 하나의 전략인 셈이다. 모든 성과는 지속적인 수정을 거쳐 완성된다.

일평생 하나의 목표를 세우는 것과 여러 개의 목표를 세우는 것 중에서 어느 삶이 맞는 걸까? 이 문제를 두고 오랫동안 고민해왔다. 김수영 스쿨에서 꿈과 관련된 온라인 특강을 들었다. 책에서 이야기한 것처럼 넘치는 꿈을 꿔도 괜찮다고 했다. 권율의 책 〈나는 매일 진화한다〉에서도 르네상스 맨이 되기 위해 입법부, 사법부, 행정부까지 여러 가지 분야에 도전하는 모습을 보았다.

　다양한 사람들을 책과 강연을 통해서 알아갔다. 한 우물을 파는 사람도 있고 한 번에 여러 가지를 배워나가는 사람도 있었다. 성향의 문제였다. 워런 버핏은 5가지 우선순위 목표를 설정해서 집중하라고 조언했다. 한 가지 분야만을 깊게 파든 몇 년간 한 분야를 공부하고 다른 분야를 옮겨서 하든 중요한 것은 완벽한 계획이란 없다는 것을 인지하는 것이다. 하나와 여러 가지를 배우는 절차보다 본질인 배움 자체를 중요시하는 사람이 되자는 것이 내 생각이다. 이제는 배움을 넘어, 배운 것을 어떻게 나눌 것인가를 고민하는 사람으로 거듭나고 싶다.

　한국코치협회에서 운영하는 코칭을 배울 때 한 가지 특별한 것이 있었다. 경청이라는 말이 얼마나 어려운지 몸소 경험했다. 50시간 전화 코칭 실습을 하면서 상대방인 고객의 말에 귀 기울여 듣고 있다고 생각했지만 실제로는 아니었다. 경청은 상대방이 말로 하지 않는 것도 귀담아듣는 것이며 상대방이 하려는 말을 끝까지 들어주는 것이다. 경청은 공감하고 지지하고 격려해주는 능력이다. 이제껏 나는 반대로 살아왔음을 깨달았다. 듣지 않고 그저 먼저 말하기

바빴다. 조언하기 위해서는 상대방에게 허락을 구해야 한다는 사실을 배운 이후로는 상대방을 먼저 배려하려고 노력하고 있다. 먼저 말하기보다 먼저 들었다. 제대로 된 듣기를 통해 상대방의 보이지 않는 면을 볼 수 있다는 것을 알게 되었다. 세상에는 눈에 보이지 않는 것에 더 강력한 힘이 있으며 입으로 내뱉지 않아도 목소리의 떨림과 높낮이, 톤만으로 상대방의 감정을 알아차릴 수 있다는 것을 알게 되었다. 나 외의 소리에 집중할수록 나를 알아가는 신기한 경험이 시작되었다.

지인이 단체 카톡방에 휴대폰과 관련된 정보를 올렸다. 카톡을 보다가 궁금한 것이 생겼다. 상대방에게 전화해서 물어보면 바로 알게 될 문제였지만 평소 연락하며 지내는 사이도 아니었고 예전의 좋지 않은 감정이 떠올라 연락하기를 꺼리고 있었다. 남편과 대화 중에 뜻밖의 이야기를 들었다. 내가 평소 좋아하는 사람과 좋아하지 않는 사람과의 관계가 너무 분명하다며 좋아하지 않는 사람과도 소통하는 법을 배워야 한다고 지적한 것이었다. 듣고 보니 맞는 말이었다. 맞는 말이이었기에 입이 나왔었는지도 모르겠다.

생각해보았다. 어떻게 하면 관계가 소원한 사람과도 잘 지낼 수 있을까? 고대 그리스와 관련된 인문학 책과 영상을 보면서 소크라테스와 플라톤의 이야기를 접했던 때가 떠올랐다. 결론은 사랑이었다. 만약 사랑이 나에게 항상 존재한다면 싫은 사람도 사랑의 감정으로 대하지 않을까? 화를 다스리는 법과 관련해 법륜스님은 짜증 내지 않는 한 가지 방법은 짜증이 올라올 때 짜증내는 모습을 알아 차리는 연습을 하는 것이라고 했다. 그리고 짜증내지 않으려고 하기 보다 짜증내는 횟수를 점점 줄여나가라고 하였다.

좋아하지 않는 사람과 한 공간에서 아무렇지 않게 대화하고 관계를 이어갈 방법은, 어쩌면 좋고 싫음을 분리하려고 하는 순간을 알아차리는 것이라는 생각이 들었다. 만약 알아차림의 순간을 좀 더 앞으로 당기는 연습을 한다면 대인관계도 분명 나아질 수 있을 것이다. 나와 인연이 되는 사람들에게 사랑을 나눠주는 연습을 한다고 생각하고, 내가 만나는 모든 사람에게 좋은 마음으로 대하기를 연습하며 살고 있다.

육아휴직 기간이라 직장에 출근하지 않아도 일상은 항상 사람과 엮여 있다. 주로 만나는 사람은 유치원 엄마들과 글 쓰는 작가들이 대부분이다. 지인들을 잘 살펴보면 평소 연락하는 사람과 연락받는 사람 두 부류가 존재한다. 나는 주로 전화를 거는 편에 속한다. 특별한 일이 없어도 안부 목적으로 전화를 한다. 이십 대 후반부터 하루에 전화 3통 하기와 손편지 매일 쓰기를 해왔다. 올해 들어서는 임신과 출산으로 이런 좋은 습관이 많이 느슨해졌다.

생전 연락 한 번 안 하던 선배에게 전화를 받았다. 사무실에서 맡은 일과 관련해 간단한 번역을 도와달라고 했다. 전화를 끊고 나

서 든 생각은 앞으로 전화 3통 하기를 다시 정착시켜야겠다는 것이
었다. 살다 보면 부탁할 일도 생기기 마련인데 뜬금없이 연락하는
사이가 되어서는 안 되겠다는 마음이 들었다. 대인관계 속에서 주
변을 먼저 챙기고 먼저 베푸는 사람이 되고 싶다.

　나는 누군가와 무엇인가를 나누면 마음이 참 좋다. 우리 집 가훈
세 가지가 있다. '먼저 인사하자. 청소를 잘하자. 먼저 전화하는 사
람이 되자.' 실천을 잘해오던 것도 하다가 말면 무용지물이다. 먼저
전화하는 좋은 습관을 보여주는 지혜로운 엄마와 아내가 되기로 다
짐해본다.

　미루는 습관을 끊는 것은 술을 끊는 것처럼 힘들다. 첫 번째 출
산 후에 예전의 건강 상태와 몸매로 돌아가기 위해서 하루 10분 운
동을 시작했었다. 둘째 산후조리 중인 지금은 12킬로그램이 빠졌지
만 아직도 12킬로그램을 더 빼야 한다. 글 쓰고 독서하고 아이들 돌
보는 것은 일상에 잘 정착이 되었는데 운동이 자꾸 미뤄진다. 왜 그
럴까 다시 곰곰이 생각해보니 하루 일과 중 운동이 우선순위에서
밀리고 있었다. 그러다 저녁에 운동하려다 보니 내일부터 해야지
하고 미루고 자버리는 것이었다.

　가장 좋은 해결방법은 아침 시간에 단 10분이라도 운동을 하는
것이었다. 아침에 10분 운동이 점심에도 몸을 움직이게 해주었다.
오늘 해야 할 출산 후 코어 호흡 100개 중에서 아침에 일어나자마

자 양치질하면서 거울 보며 10개 한 세트를 했다. 그러니 점심 먹기 전 외출하고 돌아와 옷방에서 옷을 갈아입을 때 거울 보면서 두 세트를 더 하게 되는 것이 아닌가. 미루는 습관과 결별하기 위해 오전 시간에 해버리기와 새벽에 몇 개라도 해버리는 습관으로 톡톡히 효과를 보고 있다.

출산 후 44일 만에 유치원 엄마들과 아이들과 함께 키즈카페에 갔다. 아이들이 노는 동안 엄마들과 미술학원, 태권도장 등 학원 이야기를 하게되었다. 첫째 딸을 K-pop 댄스학원에 보낼 생각이라고 말했더니, 한 엄마가 먼저 예빈이가 K-Pop 음악을 좋아하는지부터 알아보고 보내는 건 어떠냐고 했다.

그 말을 여러 번 곱씹어 보니 댄스학원에 보내려는 이유가 딸이 좋아해서가 아니라 엄마인 나의 만족 때문이라는 사실을 깨달았다. 주변에서 학원 많이 다니는 아이들을 보면서 우리 아이에게만큼은 그렇게 하지 않을 거라고 생각했는데 나도 같은 과정을 밟고 있는 것이 아닌가? 딸의 의사와 관계없이 엄마의 욕심으로 결정 내리려 하고 있었다. 아이를 대신해서 의사결정을 하지 말아야겠다고 반복해서 다짐했다. 앞으로 또다시 엄마의 욕심이 마음속에서 올라온다면 가차 없이 내리쳐야 한다며 곱씹어본다.

36년을 살아오면서 해야 하는 것과 하지 말아야 할 것 사이에서 대부분 스스로 선택하며 살아왔다. 옳은 행위도 있었지만 후회하는 것도 많았다. 경찰이라는 첫 직업에 대해 한 번도 후회하지 않았다면 거짓말일 것이다. 앞으로 다른 직업이 생기는 등의 변화가 찾아올 수도있다. 그때마다 나는 끊임없이 스스로 삶을 계획하며 살아갈 것이 틀림없다. 목표를 설정하고, 되고 싶은 모습을 생각하며 끊임없이 계획을 수정해나갈 것이다. 원하는 곳으로의 여정이 아름다운 것은 목표 자체 때문이 아니다. 목표를 향해 나아가면서 세상을 구경하고 더 나은 모습을 갖추기 위해 수정해나가는 것이 아름답다.

지금 쓰고 있는 책의 초고도 임신 중에 쓰겠다고 노래를 불렀었다. 출산한 지 44일인 오늘 책 쓰기를 병행하고 있지만 쓰고 있는 이 책이 언제 출간될지는 아무도 모른다. 계획은 수정될 것이기 때문이다. 완벽한 마스터플랜은 없다. 수정에 수정을 거쳐 탄생한 마지막 결과물이 있을 뿐이다.

06
멀티플라이어 VS 멀티플레이어

24살에 경찰이 되었다. 경찰이 되기 위해 5년 가까이 되는 긴 시간을 투자했다. 오직 경찰이 천직인 줄 알았고 다른 직업은 생각지도 못했다. 처음 근무한 지구대는 신세계였다. 야간 근무 때면 새벽 5시에 지구대 청소를 했는데 20대 초반의 나이에 밤새 신고 출동을 다녀온 몸으로 하는 청소는 정말 힘들었다. 더 나은 지구대 순찰 요원이 되기 위해 쉬는 날에도 근무 중에 메모한 것들을 생각해보고 모르는 것이 있으면 찾아보고 남자친구에게 물어보곤 했다. 중고차를 사서 부족한 운전 연습까지 하면서 말이다.

1년 반이라는 시간이 흘러 경찰서로 옮겼다. 수사과 수사지원팀에서 사건접수와 압수물을 담당했다. 10년 전이었기에 전산이 아닌 손으로 사건번호를 기록했다. 경찰서 전 직원의 사건접수를 내 손으로 직접 했다. 수사지원팀에 근무하면서 임용 2년 만에 결혼식을 올렸다. 형사과 직원인 남편과 수사과 여직원이었던 나는 평생 동반자의 길을 걷기 시작했다.

어느 날, 수사지원팀 인원을 줄여야 해서 나는 유치관리팀에서 근무하게 되었다. 6개월간 유치장 근무이후 부서를 여청계로 옮겨 근무하게 되었다. 학교폭력, 가정폭력, 성폭력 예방업무에 매진했다. 현장을 뛰기보다는 관내 초, 중, 고등학교를 방문하여 예방 강의를 하였고 경찰서에서는 각종 행사 지원으로 바빴다.

8년간 현직 경찰관으로서 4개의 부서를 경험하면서 어떻게 하면 좀 더 나은 경찰이 될까 끊임없이 고민했다. 부족한 기술이 있으면 파워포인트든 포토샵이든 가리지 않고 사비를 털어서라도 배웠다. 대한민국 경찰, 이 한 가지 직업을 위해서 모든 시간을 투입했다. 나는 한 가시만을 잘하는 사람이었다.

한 경찰서에서 8년 정도 근무하다 지방청 소속인 관광경찰대로 부서를 옮겼다. 관광대에서 근무하던 중에 첫 아이를 출산했다. 20대부터 독서를 해오다보니 그 때부터는 조금씩 글을 쓰고 싶은 욕구가 생겼다. 블루투스 키보드를 구매해 틈이 날 때마다 나의 생각을 글로 옮기기 시작했다. 관광대에서 다시 일선 지구대로 부서를 옮기면서 10년 만에 다시 야간근무를 병행하는 순찰팀에서 근무하게 되었다. 육아와 함께 평소 하지 않던 주야간 근무환경에 적응해야 했다. 오프라인 작가 수업에도 참여해 매일 한두 꼭지씩 초고를 써서 보냈다. 야간 근무를 마치고 바로 자고 싶어도 쏟아지는 잠을 참으며고 한 시간 정도 꼭 글을 쓰고 잠자리에 들었다.

7, 8년 책을 읽으면서 찾아온 글 쓰고 싶은 욕구는 일상에서 글

쓰는 삶을 정착하게 해주었고 경찰 외에 작가라는 직업도 안겨주었다. 경찰보다 많은 시간을 투자할 순 없었지만 매일 글을 쓰고 책을 읽는다면 작가가 될 수 있다는 마인드로 자신감을 가지고 매일 꾸준히 노력했다.

4년이 지난 오늘 6번째 책의 초고를 쓰고 있다. 경찰, 엄마, 여자의 삶에 작가라는 직업이 더해졌다. 균형을 맞추기 위해서 시간 조절도 필요하다. 작가로 일상을 살면서 더 행복해하는 나의 모습을 발견한다. 매일매일 새롭고 재밌고 알찬 시간을 보내고 있다. 멀티 플레이어라는 신세계에 눈을 뜨게 되었다.

글쓰기와 코칭을 배우고 일상에서 실천한다. 혼자서 글을 쓰다 스쳐 가는 아이디어를 낚아채서 종이에 적은 것이 동료와 함께 글 쓰는 계기가 되어 〈대한민국 경찰 글쓰기 프로젝트〉라는 책까지 출간하게 되었다. 동료들과 같이 글을 쓰면서 새로운 목표가 생겼다. 그것은 글 쓰는 경찰의 목표달성을 돕는 일이었다. 글 쓰는 동료와 소통하면서 그들의 꿈과 목표에 관심을 가지기 시작했다. 도와줄 방법이 없는지 고민하면서 매직 노트에 아이디어를 적고 실천으로 옮기는 삶을 살고 있다. 코칭을 배운 이유도 목표를 달성하는 데 돕기 위해서였다.

둘째를 임신했음에도 큰아이를 재우고 매주 5시간씩 코칭 실습을 했다. 3개월 이상 코칭 이론을 배우고 실습하면서 한 가지 깨달은 것은 코치는 문제를 해결해주는 사람이 아니라 고객의 잠재력을 끌어내는 사람이라는 점이다. 경험과 겪은 일을 토대로 조언해 주는 것이 코치의 역할인 줄 알았다. 코칭을 배우면서 '모든 답은 고객의 내면에 있다' 는 말을 의식적으로 반복적해서 생각했다. 서서히 깨우쳤다. 코치는 질문하는 사람이다. 고객이 내면에서 스스로 답을 찾게끔 질문하는 사람이다. 그래서 경청이 중요했다. 제대로 들어야 제대로 질문할 수 있기 때문이다. 코칭을 배우지 않았더라면 경청의 힘을 알지 못했을 것이다. 질문의 진정한 힘을 알지 못했을 것이다. 고객이 원하는 것을 생각하는 시간이 부족하다는 사실을 발견했다. 동료와 코칭을 진행하면서 진정한 리더는 내면에 있는 잠재력을 끌어내 주는 사람임을 알게 되었다.

멀티플레이어는 여러 가지 분야에 두루 지식을 갖춘 사람이다. 유럽의 르네상스 맨과 같은 뜻이 아닐까. 고전, 미술, 음악, 건축 등 다방면에 조예가 깊은 사람 말이다. 도서관에 가면 여러 분야의 책을 두루 읽으려는 이유도 르네상스맨의 삶과 연결된다. 한쪽 분야에 치우치려 하다가도 다시금 다방면의 독서가로 돌아온다. 멀티플라이어는 멀티플레이어의 삶을 산 이후에 경험할 수 있는 경지가 아닐까 생각한다. 자기 자신을 여러 분야로 갈고 닦은 이후에는 타인의 삶에 영향을 주는 사람으로 거듭날 수 있다. 독서와 글쓰기로 나 자신을 되돌아보면서 내면을 단단하게 하니 주변이 보였다. 시간을 내서 재능기부도 하고 전화코칭도 하면서 다른 이들이 원하는 삶으로 다가 갈 수 있게 도왔다.

나에게는 매 순간이 도전이었다. 배우는 동시에 나누는 삶이 바로 멀티플라이어의 삶이라 생각한다. 나의 또 다른 목표 중의 하나가 와인 마스터가 되어 와인 교육을 하고 글을 쓰며 소통하며 사는 것이다. 〈와인 마스터〉라 이름을 붙여 바인더표지부터 만들었다. 인터넷 기사, 동영상, 책을 통해 알게 된 정보를 정리하면서 차근차근 모으는 중이다. 어제는 와인 마스터 한국인 지니 조 리가 사는 삶의 키워드를 목표 카드에 적어봤다. 와인 마스터라는 목표에 한 발자국 다가가는데 있어서 그 길을 먼저 간 스승의 길은 많은 도움이 된다.

경찰과 작가라는 멀티플레이어의 삶을 살 수 있도록 도와준 사람을 꼽자면 3P 자기경영연구소의 강규형 대표님이다. 시간 관리 도구인 바인더 기본교육과 심화 과정인 코치교육과정을 이수하고 대표님과 1시간 동안 면담하는 시간을 가졌다. 그때 15권 이상의 책과 두 명의 사람을 소개해주셨다. 15권의 책을 절실하게 읽었다. 책을 반복해서 읽고 글을 쓰며 생각을 거듭 정리했다. 15권의 책은 꼬리에 꼬리를 물어 다른 책과 영상으로 연결해 주었다. 작가의 삶의 출발은 한 시간 면담으로 시작되었다.

멀티플레이어에 이어서 멀티플라이어가 되기까지 믿고 지지해주는 어른 한 명만 있으면 목표를 이루기에 충분하다. 인생의 어려운 고비를 넘을 때마다 고3 담임이셨던 이흥복 선생님을 찾아간다. 얼마 전에 퇴직하셔서 더는 모교에서 뵐 수는 없지만, 전화 통화만으로도 내 안에서 답을 찾게끔 이끌어주신다.

독서와 글쓰기도 목표가 필요하다. 맹목적으로 쓰고 읽는 삶은 자칫 시간 낭비가 될 수 있다. 단지 지식을 쌓기 위해서도 좋겠지만 작가가 되겠다는 등의 구체적인 목표를 세운다면 눈빛이 초롱초롱해지고 밤을 새워도 피곤하지 않다. 아침에 일어날 때도 망설임 없이 벌떡 일어난다. 새로운 목표는 나를 넘어서 타인의 성장에 관심을 가지게 하는 원동력이되었다. 회복 탄력성 있는 삶을 살게 된 것은 경찰을 넘어 작가가 되겠다는 스스로 세운 목표 때문이었다. 불가능할 것만 같은 목표도 노력하고 계속적으로 자기 암시를 하면 이루어진다는 사실을 경험으로 알게 되었다.

나는 두 개의 인생을 여행 중이다. 다양한 분야에서 여러 가지를 배워나가는 멀티플레이어로써의 삶과 다른 이들의 잠재력을 끌어내는 리더의 삶인 멀티플라이어로서의 삶이 그것이다. 무엇이 더 나은 길인지 끊임없이 고민하지만 옳고 그른 답은 없다. 오직 고민한 끝에 자신이 결단을 내렸다면 그것이 올바른 정답일 뿐이다. 멀티플레이어와 멀티플라이어 두 개의 철학. 이 균형을 맞춰 나가길 바라본다.

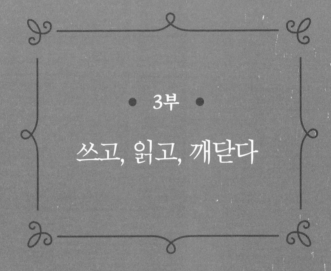

3부

쓰고, 읽고, 깨닫다

01
무심코 지나치는 시간들

글쓰기를 시작하며 나의 삶을 돌아보기 시작했다. 과거에는 무엇을 하였는지, 그리고 지금은 어떤 마음가짐으로 하루를 살고 있는지 생각해보았다. 이제는 같은 사물을 보더라도 의미와 깊이가 달라졌다. 그래서인지 멈춰 서서 생각하거나 글을 쓰는 습관이 생겼다. 일상에서 확실하게 바뀐 생활습관이다. 시간은 흘러가면 되돌릴 수 없지만 36년, 길지 않은 시간을 살면서 무엇에 집중하며 살았는지 생각해보니 네 가지 정도가 떠오른다. 첫 직업인 경찰, 결혼생활, 출산 후 육아, 그리고 작가의 삶이다. 새로운 환경에 적응하는 데는 첫 3년이 중요하다. 4가지 환경을 시작한 첫 3년은 어땠는지 떠올려보았다.

첫 직장생활을 시작한 3년은 지구대에서의 생활이었다. 주야간 교대근무를 하면서 폭행 사건, 교통사고 등 각종 사건 사고를 만나면서 부족한 일과 운전 연습하면서 하루하루 버텼다. 익숙하지 않은 사건을 겪으면서 세상에는 다양한 부류의 사람이 있고, 다양한 해결책이 있음을 배웠다. 함께 근무하는 선배 경찰의 퇴직도 지켜봤고, 다양한 연령대와 근무하면서 함께 어울리는 법도 익혔다. 팀원들과 함께 밥을 먹고 회식도 하면서 한 팀의 호흡이 현장에서 얼마나 중요한지 알게 되었다.

경찰이 된 지 얼마 되지 않았을 때, 현장에서 칼을 들고 있다는 신고를 접수했던 기억이 난다. 무전으로 현장으로 출동하고 있음을 보고하고, 현장에 내려서 선임은 순찰차 트렁크에서 방패와 긴 봉을 챙겼다. 나도 안전을 위해 허리에 늘 차고 다니던 삼단봉과 테이저건도 바로 사용 가능한지 제치 확인하고 신고 현장인 시하로 내려갔다. 출동하기까지 긴장감이 돌았지만 다행히 현장은 위험한 상황은 아니었다. 여경과 나이 있으신 고참이 현장에 먼저 도착해서 사건·사고 처리를 하는 것이 걱정이 되었던지 인근 순찰차가 지원을 나와주었다. 마지막에 도착한 순찰차에서 내린 최한현 반장님의 말이 아직도 잊히지 않는다.

"빨리 올 수 있었는데 오다가 교통사고 신고 현장 처리하고 오느라고 늦었네. 괜찮나?"

팀원과의 단합이 얼마나 중요한지 생사를 함께하는 현장에서 몸소 겪은 사건이었다.

결혼 후 3년은 남편과 둘 다 형사계와 수사지원팀. 외근과 내근 등 사무실 일업무로 바빴다. 결혼한 지 한 달도 안 되어 김길태 사건으로 비상이 걸렸다. 남편은 범인을 잡기 위한 수색으로 집보다는 현장에서 있는 시간이 많았다. 경찰관과 행정관 경찰서 전 직원마다 담당 수색지역이 지정되어 근무시간 외에도 수색 활동에 동참했던 기억이 난다. 그때 나는 신임 순경이었기에 무엇이든 적극적인 예스맨이었다. 일거리가 많아져도 두려움 보다 어떻게 하면 잘 할 수 있을까지를 고민했다.

지구대에서 경찰서 수사지원팀으로 옮겼다. 지원팀장이 7시에 출근하면 그보다 더 일찍 출근해서 청소했다. 업무를 잘 모르니 청소가 기본이라 생각했다. 넓은 사무실을 청소기로 돌리고 대걸레질을 하면 아침 7시 반이 된다. 특히 여름에는 티셔츠를 하나 더 챙겨가야 할 정도로 청소를 하고 나면 온 몸이 땀으로 흠뻑 젖었었다.

결혼 5년까지 아이가 없었다. 지인들의 돌잔치에 참석할 때가 가장 힘들었다. 그러나 아이를 가지고 싶은 마음을 포기하지 않았다. 부러움도 있었지만 언젠가 우리 부부에게도 좋은 소식이 올 거라 확신했다. 아이가 없는 기간 동안 여행 다니기보다 각자 맡은 일에서 잘하기 위해 애썼다. 집보다는 사무실에서 보내는 시간이 많아 저녁에만 집에서 얼굴을 볼 수 있었다. 시간의 소중함을 잘 몰랐던 시기였다.

출산 후 3년은 일과 가정 사이에서 균형을 맞추기 위한 시간이었다. 출산휴가 3개월의 절반인 한 달 반을 출산 전에 사용했다. 임신 21주 차 교통사고로 입원이 잦았고 출산 직전에도 입원했다. 출산후 6개월 더 휴직하고 복직했다. 6개월이었지만 신세계를 경험했다. 매일 삼시 세끼를 챙기고 딸을 돌보는 것이 행복한 일이지만 밖에서 일하던 엄마였던지라 갑갑한 것함도 있사실이었다. 일과 가정 사이에서 균형을 잡기 위해 택했던 것은 새벽 4시 기상이었다. 4시에 일어나 글쓰기와 필사로 하루를 시작했다. 6시 40분에는 중국어 수업을 들으러 학원에 다녔다. 그 이후에는 한 시간씩 글쓰기, 독서, 운동으로 하루를 시작했다. 출근 전 자유시간을 3시간씩 가지면서 균형을 맞춰나갔다.

두 번째 출산 후 3년을 겪고 있다. 첫 출산 이후 4년이 지났기에 어떻게 살아야 할지 충분한 시간을 두고 고민했다. 의미 있는 휴직 기간을 보내기 위해 '복직 전 버킷 리스트'까지 만들었다. 와인 마스터가 된 최초의 아시아인 이지연 씨의 영상을 봤다. 그녀는 마흔에 꿈을 이룬 삶을 살고 있었다. 더 놀라웠던 것은 그 분은 자녀가 넷이나 있었다. 네 딸을 키우면서도 자기가 좋아하는 일을 멋지게 해내는 모습이 인상적이었다.

인도의 최초 와인 마스터도 자녀가 태어났던 해에 와인 공부에 전념했다고 했다. 자녀들이 엄마가 와인 마스터라며 자랑스럽게 말하는 모습을 보고 엄마도가 좋아하는 일을 포기하지 않고 가정과 병행하는 모습이 아이들에도 좋은 영향을 미친다는 것을 느낄 수 있었다. 자녀가 있어서 하고 싶은 일을 포기한다는 변명은 하지 말아야겠다고 다짐했다.

글 쓰는 첫 3년은 오직 쓰는 것이 좋았다. 왜 쓰냐고 물어보면 특별한 이유를 댈 수 없었다. 〈글 쓰는 경찰〉 책을 출간했을 때 표지에 비움과 채움이 글쓰기의 매력이라고 적었다. 그 책을 낸 지 2년이 더 지난 지금 한 가지 이유를 더 덧붙이자면 명확한 목표를 찾았을 때 글쓰기는 탄력이 붙는 다는 사실이다.

글쓰기를 4년 넘게 꾸준히 하면서 책 쓰기라는 작업을 함께하고 있다. 매일 글을 쓰고 다양한 책을 읽으면서 명확한 목표를 찾아간다. 글쓰기와 독서 다음으로 코칭과 와인 분야를 접해가고 있다. 글을 쓰고 책을 읽지 않았다면 관심 분야도 확장되지 않았을 것이다.

선을 수직으로 그어 연표를 그릴 때 즐겁다. 지금의 36세부터 20년 후인 56세, 20년 후인 76세를 적는다. 화살표를 그어서 눈으로 직접 보면 지금까지 무엇을 하며 살았는지 상기시키는 효과가 있다. 인생 퍼즐은 시간에서 출발한다. 역산 스케줄을 적용하여 되고 싶은 모습인 끝 그림을 그린다. 그 이후에 조금씩 앞으로 당기며 계획한다. 독자의 삶을 변화시키는 작가라는 끝 그림을 그렸다면 다음으로 매년 몇 권의 책을 출간할 것인지 계획한다. 그다음으로 매일 A4용지 2.5매의 분량을 두 번씩 쓰겠다는 식으로 계획을 세우면 된다.

작가라는 한 개의 풍광을 그렸다. 살면서 10가지의 풍광을 그려 보고 싶어 매년 그려본다. 구본형 변화경영연구소에 10대 풍광을 그리는 워크숍도 있는 것으로 알고 있다. 언젠가 꼭 다녀오고 싶다. 지금은 스스로 10대 풍광을 그려보고 현재 위치를 점검한다. 매년 똑같이 그려지는 풍광이 바로 글쓰기와 독서, 코칭과 와인이다. 빠르게 스쳐 지나가는 시간 속에서 관심 분야를 하나씩 확장해나가는 것이 즐겁다.

매일 보내는 일상에서 붙잡고 싶은 것 서너 가지가 있다. 첫 번째가 부지런함이다. 새벽에 하루를 시작하고 싶다. 둘째 출산 후에 새벽 시간에 잠을 못 잤다는 이유로 요며칠 기상 시간 변동이 있었다. 둘째 백일 이전에 새벽 4시 기상으로 돌아갈 수 있도록 부지런히 박차를 가해야 한다. 두 번째가 약속이다. 항상 약속 시각보다 30분 일찍 도착해서 기다리는 사람이 되고 싶다. 간혹 못 지킬 때가 있지만 변명하는 사람이 아니라 지키는 사람이 되어야 한다. 세 번째가 함께하는 일상이다. 가족과 주변 지인들과 행복한 추억을 쌓으려면 충분한 시간이 필요하다. 좋은 것 함께 먹고, 좋은 곳에서 함께 시간 보내기. 기쁜 일, 슬픈 일 함께해주기. 수다쟁이가 되기보다 필요한 사람이 되고 싶다. 네 번째는 최상의 컨디션을 유지하면서 일상 보내기. 하루를 시작할 때의 기분이 전체 하루를 좌우한다. 출근 전 좋아하는 일로 시작하는 사람의 하루가 다른 이유이다. 좋아하는 글쓰기와 독서로 마음을 다지고 운동으로 육체를 다진다. 화와 짜증을 멀리하기 위해 좋아하는 일을 삶의 곳곳에 더해간다.

바쁘게 지나가는 시간 속에서 후회 없는 삶을 살기 위해 대충대충 살기보다 섬세하게 최선을 다해 살고 싶다. 하나를 먹어도 예쁜 그릇에 먹고 집에서도 옷을 편하게 아무렇게나 입기보다 깔끔하게 갖춰 입는다. 그러면 마음가짐이 달라짐을 느낀다. 가장 나답게 사는 길은 원하는 대로 사는 것보다 후회 없이 사는 게 아닐까? 어떤 최선을 다할 것인지 내면의 나에게 묻는다. 원하는 가족의 모습, 꿈, 직업을 명확하게 그려나간다. 소소한 행복을 넘어서 명확한 목표를 향해서 한 걸음씩 다가간다. 수정하고 또 수정해서 지나간 시간이 후회보다는 즐거움으로 가득 차기를 소망해본다.

02
쓴다는 행위의 의미

　읽고 쓰고 말하고 듣고. 살면서 4가지를 실천한다. 제대로 실천하기 시작했던 시기를 생각해봤다. 경찰관이 되어 뒤늦게 책을 좋아하게 되면서 독서광이 되었다. 삶에서 읽는 시간이 늘었다. 다양하게 책을 읽으니 쓰고 싶은 욕구가 생겼다. 혼자서 책 출간을 위한 책 쓰기를 시작했다. 책을 출간하는 작가의 삶을 살면서 그리고 사람들과 소통하면서 경청의 중요성을 알게 되었다. 예쁘고 사랑스럽게 말하고 싶어졌다.

　매일 글을 쓰면서 앞에서 언급한 4가지 실천을 다시 짚어본다. 읽고 쓰고 말하고 듣는 최상위 레벨에서 나는 어디쯤 와 있을까? 수시로 점검하는 시간이 필요하다. 지금은 읽고 쓰는데 일상을 보내면서 제대로 듣고 예쁘게 말하기 위해 노력 중이다. 여전히 어렵지만 쓰는 행위를 통해서 수정하고 부족한 면을 채운다.

　쓰는 행위는 관심사와 연결된다. 생각을 정리하는 데 가장 강력한 도구가 바로 글쓰기다. 특정 하루를 떠올려보자. 출산 전, 출산 당일, 출산 후 첫날. 어떻게 하루가 다르게 전개되었는지 살펴봤다. 출산 전날 새벽 5시에 일어나 글을 쓰고 독서하고 하루를 시작했다. 그날따라 자기 전에 제로 맥주가 먹고 싶었다. 남편에게 얘기했더니 편의점에 가서 사 오겠다고 했다. 다음날 유도분만을 위해 입원하기로 되어 있었는데 제로 맥주 먹고 나니 통증이 왔다. 낮에 걷기 운동을 조금 심하게 했던 이유일까?

배가 아파지자 진통 확인하는 앱을 사용해서 진통 주기를 확인했다. 5분 미만으로 진통이 오는 것이 한 시간이 다 되어가자 3분 미만으로 줄었다. 다니는 병원 분만실에 연락하고 짐을 챙겼다. 당장 필요한 짐과 나중에 쓸 가방을 따로 챙겼는데 당장 쓸 가방에 들어간 물건은 블루투스 키보드와 책 한 권이었다.

분만실에 들어가서도 겪고 있는 분만의 과정을 생생하게 글로 남겼다. 두 딸을 위해 모든 상황을 실시간으로 기록하며 기분까지 꼼꼼하게 기록했다.

출산 후에는 분만실에서 두 시간 정도 대기했는데 마취가 풀리면서 통증이 찾아와 글을 쓸 수 없었다. 병실로 옮겨 간호사가 자궁 수축 효과와 통증 완화에 도움이 될 거라며 엉덩이 주사 두 대를 놓아주었다. 몸살처럼 몸에 땀이 나고 추웠다. 입고 있는 병원복이 흠뻑 젖었다. 블루투스 키보드를 꺼내 타자기를 두드렸다. 어머니가 출산 후에는 제발 글쓰기를 자제하라고 하셨는데도 본능적으로 기록했다. 손가락을 바쁘게 움직였다. 다음날에도 틈이 났다. 목감기에 걸려서 신생아실에 가지 못하게 되어 수유 못 하는 스트레스를 글을 쓰면서 풀었다.

친정엄마가 있는 것도 아니고, 미주알고주알 남편에게 속마음을 이야기할 수도 없다. 출산을 거치면서 쓰는 행위는 수시로 바뀌는 감정을 잡아채 마음속에 담아두지 않도록 하는 안전장치 같은 것이었다. 아프면 아프다고 글로 내뱉었다. 있는 그대로의 감정에 충실한 채 계속해서 쏟아냈다. 밑 빠진 독에 물 붓는 것처럼 글로 비우니 마음속에 저장해두는 감정이 없어져서 그런지 마음은 편했다.

너덜너덜해진 종이 한 장을 어디를 가든 끼고 다닌다. 이은대 작가님의 작가 수업을 들으면 두 번째 수업 시간에 책 제목과 목차가 담긴 종이를 나눠주었다. 나머지 목차를 채우기 위해 목차가 담긴 종이 한 장을 계속 들고 다녔다. 한 꼭지씩 에피소드를 정하기 위해 백지인 A4 용지를 들고 다닐 때도 목차 종이도 같이 가지고 다녔다. 책 쓰기가 끝날 때까지 손에서 종이를 놓지 않았다. 아이 분유 먹일 때도, 재울 때도, 밥 먹을 때도, 씻을 때도, 설거지할 때도 늘 옆에 두었다. 언제 어디서 아이디어가 떠오를지 모르기 때문이었다.

이번 집필 때는 한 꼭지를 앉은 자리에서 모두 쓰지 못했다. 한 시간 안에 A4용지 2.5매 쓰는 연습을 해두어 한 꼭지 쓰는 데 무리는 없었다. 하지만 예설이를 돌보면서 쓸 때는 달랐다. 집중해서 쓰다가도 아기가 울면 안아주어야 했다. 안아줄 때는 노트북 타자를 할 수가 없었다. 안아주면서 좋은 방법이 없을까 고민하다가 한 가지 방법을 찾았다. 아이가 어느 정도 소화가 되었다면 내가 양반다리를 해서 아이를 무릎에 비스듬히 앉히고, 옆에 있는 역류 방지 쿠션 위에 노트북을 놓고 허리를 약간 돌려 타자를 하니 쳐지는 게 아닌가? 고민 끝에 발견한 신기술이었다. 모든 것은 간절함에서 나온다고 믿는다.

독서 중에 아이가 울면 아이를 안고 발가락으로 책 페이지를 넘길 때도 있었다. 수시로 우는 아이를 안아주어야 하는 이유가 독서를 하지 못하는 이유가 되지 못한다고 스스로에게 말했다. 해야 할 일을 건너뛰고 나면 마음이 편치 않았다. 어떻게 해서든 할 일을 해내는 사람이 되고 싶었다.

다시 마음을 다잡고 글을 쓰고 읽는다. 매일 A4용지 5매를 두 시간 안에 쓰는 것과 독서 2시간이 목표다. 두 아이를 키우면서 스스로 정한 목표이기에 반드시 지키려고 애쓰고 있다.

블로그를 통해 얻은 와인에 필요한 정보는 마인드맵으로 정리해 차곡차곡 모은다. 마인드맵을 그리면서 정보를 익힌다. 생소한 분야도 글을 쓰다보면 익숙해진다. 와인 블로그 주인 수지 왕 은 와인 공부를 하는 필요성에 대해 생각해보라고 했다. 자신도 공부하기 전에 6개월 정도 충분히 생각해보는 시간을 가졌다고 했다.

이 문제에 관해 글을 써보기로 했다. 그날 배우고 익힌 와인 관련 지식과 생각으로 왜 와인 공부하는지 매일 써보는 것이다. 한 달 정도 써보면 마음이 기울었는지 알 수 있다.

본격적으로 글쓰기 전에 〈내가 글을 쓰는 이유〉라는 책을 만났다. 이은대 작가는 닥치고 쓰라는 간단한 메시지를 전했다. 작가 수업 참여 전, 한 달 동안 닥치고 글을 써봤다. 출근 전 한 시간 동안 손을 바쁘게 움직여서 백지를 채웠다. 다시 읽어보지도 않았다. 날 것 그대로의 글이었다. 쓴 글은 집에 보관해두었다.

첫 작가 수업에 참석해 강의를 듣는데 문득 고마운 마음이 들었다. 앞에 서서 열강하시는 이은대 작가님이 시키는 대로 닥치고 글을 쓰면 왠지 작가가 될 수 있겠다는 확신이 생겼다. 생각 끝에 꾸밈없이 한 달 동안 닥치고 쓴 글을 인쇄하여 선물로 주면 좋겠다는 생각이 들었다. 두 번째 작가 수업을 마치고 식사하면서 직접 쓴 글이 담긴 바인더 한 권을 드렸다. 작가의 길을 걷기 전에 앞으로 함께 할 스승에게 덕분에 글 잘 썼다고 말해주고 싶었다. 진정성 있는 글이 담긴 바인더를 직접 전달한 지 3년이 지났다. 지금도 매일 글쓰는 삶을 살고 있다.

연예인이 쓴 에세이 책은 처음 읽어보았다. 〈걷는 사람, 하정우〉라는 책을 읽으면서 서평도 세 번이나 썼다. 두 번째 서평을 쓰면서 이런 글도 함께 남겼다.

> **"어제 나에게 던졌던 질문 3가지는 이것이다.**
> **1. 처음에 어떻게 글을 썼지?**
> **2. 정말 하고 싶은 것은 뭐였지?**
> **3. 왜 글을 쓰려고 했지?"**

글을 쓰면서 묻고 답한다. 서평은 주로 책을 요약하는 것이다. 하지만 나는 생각 정리 도구로 많이 활용하는 편이다. 책을 읽으면서 생긴 질문에 대한 답을 글쓰기로 풀 때 가장 좋았다. 쓰면서 정리되는 생각은 실천으로 옮길 것인가에 대한 판단도 같이해준다. 글을 쓰면서, 그냥 읽었을 때와 달리 한 번 더 저자를 알아가는 계기도 된다. 시간이 지나도 책 내용보다 어떤 감정을 풀었는지 오래 생각난다. 책을 읽으면서 좋은 질문이 생겼다면 좋은 징조다. 질문을 붙잡고 글쓰기를 해나갈 때 가장 만족이 컸다.

출산 후 산욕기 6주가 지나고 첫째 딸과의 데이트를 사흘간 즐겼다. 마지막 세 번째 날은 가야 할 목적지가 멀어서 남편이 동행했다. 오전에 가방을 챙겨서 집을 나가는데 들고 갈 가방이 두 개인 것을 보고 남편이 한 소리 한다. 도대체 가방 안에 무엇이 들었는지 궁금하다는 눈치다. 기본적으로 블루투스 키보드, 책 한 권, 노트 한 권, 수첩은 항상 챙긴다. 남편은 이해할 수 없다는 눈빛으로 쳐다본다. 애랑 놀러 가는데 그걸 왜 챙기냐고. 애가 차 안에서 잠들면 자투리 시간에 글을 쓸 거라고 했다. 나에게 있어서 글을 쓰는 행위는 밥을 먹는 것과 같다. 가끔씩 마음을 풀기 위해서 쓰는 게 아니라 매일 일상을 함께한다.

〈나폴레온 힐이 대학에서 강의한 성공학 노트〉를 보면 목표와 함께 일어나고, 밥 먹고, 일하고, 운동하고 모든 것을 같이 하라는 말이 있다. 글쓰기는 나의 모든 활동과 연결된다. 모든 행위 뒤에 쓰기가 이어진다.

4년 전부터 본격적으로 글 쓰는 생활이 시작되었다. 일상에서 블루투스 키보드, 노트북과 노트는 없어서는 안 될 도구가 되어버렸다. 가장 나답게 만드는 물건들이 눈에 안 보이면 불안할 정도이다. 언제 어디서든 생각나면 써야하기 때문에 이 도구들이 시야에 보이는 거리에 있어야 안심이다. 나는 이런 생활을 쓰면서 완성되는 인생이라고 말하고 싶다.

휴직 기간 책 쓰기는 나의 한계에 도전하는 기간이다. 이지성 작가는 인문학에 몰입한 기간 동안 가장 많이 책을 집필했다고 했다. 문득 궁금해졌다. 출근하지 않는 1년 동안 작가의 삶을 살면서 나는 몇 권의 책 집필 할 수 있을까? 많이 쓰는 것만이 좋은 것은 아니지만 능력이 어디까지 미치는지 궁금해졌다. 〈강한 독서〉의 저자인 이은대 작가도 첫 번째 책부터 세 번째 책까지 쓰는 데 몇 달이 안 걸렸다고 했다. 4년 동안 글 쓴 작가의 한계는 어디까지인지 알고 싶었다. KAC 코치 시험을 준비하면서도 책을 여러 권 쓰겠다는 말을 입으로 뱉었다. 말은 뱉으면 책임져야 한다. 출산한 지 한 달 조금 넘은 후부터 집필활동을 시작했다.

글쓰기와 책 쓰기는 다르다. 주제를 정해서 A4용지 100장에 가까운 글을 쓰기 위해서는 고도의 집중력이 필요하다. 기한 안에 써야 하는 스트레스도 있다. 글을 쓰면서 의미를 부여한다. 황미옥의 인생 퍼즐을 글쓰기와 책 쓰기로 채워간다.

하루 동안 글을 쓰지 말라고 한다면 어느 정도의 만족스러운 하루가 될까 생각해보았다. 글을 더 많이 쓰고 싶어졌다. 시어머니는, 둘째 출산하고 가정에 집중해서 요리 실력도 키우고 집안 살림도 배우라고 당부하셨다. 글 쓰고 책 읽는 건 아이들 다 키우고 나서 하라고 하신다. 10년 뒤에 과연 안 쓰던 글이 써질까 하는 생각부터 들었다. 친정 아빠는 생각이 달랐다. 힘들어도 계속 썼으면 하셨다. 힘들 때건 아닐 때건 꾸준히 해야 한다고 하셨다. 두 분 다 소중한 부모님이고 감사한 조언이다. 전적으로 스스로 선택한 결론을 따르겠다고 마음먹었다.

아이가 자는 시간에 나는 글 쓴다. 글을 쓰지 않을 때는 행복감이 반감되는 것을 느꼈다. 아이를 키우면서 쓰는 것에 대한 합의점을 찾았다. 쓰기는 나를 대변하는 변호인이다. 나는 모든 것을 글로 표현한다. 글에는 나의 일상이 모두 담겨 있다. 보고, 느끼고, 생각하고, 꿈꾸는 모든 것. 오늘도 나와 가족, 주변 사람들의 행복을 위해서 글을 쓴다.

글을 쓸 때 가장 나답다. 나는 글 쓰는 경찰 황미옥이다.

03

어떻게 살아야 하는가, 책에서 찾다

독서목표 없이 책을 읽은 적도 있었다. 그저 읽고 생각하는 것이 좋았기 때문다. 한 권의 책을 읽으면 실천하고 싶은 것이 여러 가지가 생겼다. 그 중 하나라도 제대로 해보자는 심정으로 도전했다.

지인 중에 마흔이 넘어서 사회생활을 시작한 분이 계신다. 집에서 살림만 하다가 보험회사에서 영업사원으로 활동하면서 '어떻게 하면 사람들이 자신이 하는 말에 귀를 기울여줄까?'하고 고민했다고 한다. 고민 끝에 일주일에 한 번씩 무조건 뭐든지 배우겠다고 마음먹고 강연장에 참석해서 강의를 열심히 듣고 배우고 실천하고 추천해주는 책도 닥치는 대로 읽었다. 10년 넘게 배우다 보니 주변 사람들에게 나눠줄 지식까지 쌓게 되었다. 책을 읽고 나면 자신만이 알아볼 수 있는 부호를 붙여 부호에 맞게 요약 정리했다. 이것을 다시 한 장으로 요약하고, 마지막으로 한 문장으로 요약했다. 친동생에게 읽은 책 내용을 전달해주면 한 권의 책 읽기는 마무리되었다.

1,000권의 책을 전체 요약, 한 장 요약, 한 문장 요약, 이런 방법으로 읽었다고 했다. 무엇보다 독서목표를 잡는 것이 제일 우선이라고 강조했다.

나는 책을 읽기 전에 충분한 시간 들여 고민했다. 아직 마흔도 안 된 나이지만 어떻게 사는 게 옳은 것인지 자주 생각했었다. 육아휴직 1년 동안 독서목표를 세우고 책 보관 장소를 바꾸었다. 책꽂이에 꽂아두는 방법이 아닌 집안 곳곳에 뿌려두는 방법을 택했다. 손닿는 곳에 두라는 말은 몇 번 들었지만, 집이 지저분해지는 게 싫어서 실천하지 못했다. 생각을 바꾸어 실천해봤다. 화상실 앞, 딸의 장난감 싱크대 위에, 둘째가 주로 노는 범퍼 침대 주변, 유축하는 안방서랍장, 식탁 옆 선반 등 곳곳에 책을 배치해 두었다.

이렇게 하자 한 가지 달라진 점이 있다면 한 권의 책만 종일 보지 않게 되었다. 펼쳐서 보고 싶은 책, 손 가는 책 아무거나 잡아서 읽었다. 어떻게 살아야 하는가에 대한 고민은 오직 책만 읽는다고 해서 해결되지 않겠지만, 그날 손에 잡은 한 권의 책에서 발견한 문장 하나만으로도 하루를 버틸 수 있는 날이 있었힘이 생기곤 했다. 어차피 세상의 모든 책을 읽을 수 없다면, 손이 가는 대로 다양하게 책을 읽는 것도 하나의 방법일 것이다.

새롭게 바뀐 책 읽는 방법은 일상에서 육아로 힘들 때마다 내게 손을 흔들어주는 구세주 역할을 해주고 있다. 이것이 마음에 와닿는 단 한 문장이면 충분하다는 의미이다.

나는 생각에 빠지면 종이를 꺼내 가족 순서대로 나이부터 적는 습관이 있다. 남편 마흔, 내 나이 서른여섯, 첫째 다섯 살, 둘째 한 살. 한 해가 갈수록 가족과 함께 보내는 시간을 늘리고 싶은 바람이 크다. 같이 할 수 있는 것이 무엇이 있을까? 개인적으로는 머릿속에 가지고 있는 생각을 꺼내 이야기하는 토론 문화를 가정에 정착시키고 싶은 욕심이 있다.

전안나 작가의 〈1천 권 독서법〉을 읽고 매일 2시간 독서에서 3시간으로 늘려봤다. 출근 전 한 시간, 출근 후 근무시작 전과 점심식사 후 자투리시간, 자기 전 한 시간, 이렇게 한 달 넘게 실천하니 습관으로 정착되었다. 일주일 한 권 독서에서 3권으로 늘릴 수 있었다. 임신 막달이 되어가면서 이지성 작가, 조승연 작가, 이정숙 작가의 책을 읽었다. 한 작가의 다양한 책을 읽기도 했다. 중복되는 내용도 있었지만 한 가지 생각을 계속해서 이어갈 수 있는 장점이 있었다.

이지성 작가의 책을 읽고서는 육아휴직 기간 책 집필에 몰입해야겠다고 다짐했다. 조승연 작가를 통해서는 르네상스 맨 이라는 용어를 알게 되었다. 다방면에 조예가 깊은 르네상스 맨 미옥이 되어야겠다며 자기암시 문구까지 만들어 아침마다 큰소리로 외치고 있다. 이정숙 작가는 자녀의 관심사를 같이 공부하면서 공감, 격려 지지하는 엄마가 되었다고 했다.

문득 진수 테리 씨의 에피소드가 생각났다. 일 잘하기로 소문난 그녀가 다니던 회사에서 해고되었다. 재밌지 않아서가 이유였다. 일만 잘하고 유쾌하지 않은 사람은 필요 없다며 잘렸다니! 그 이후로 그녀는 "FUN"을 강조하게 되었다고 한다.

일상에서 독서만 한다면 행복한 삶일까? 그렇지 않다. 책만 읽는 삶은 살고 싶진 않다. 책은 읽되 아주 유쾌하고 재밌게 읽고 실천하고 싶다. 남들이 몇 시간 책을 읽든 중요하지 않다. 타인의 시선으로부터 자유로워지는 것이 첫 번째 할 일이다. 50일도 안 된 둘째를 돌보면서 나에게 맞는 독서 시간이 얼마인지 고민해보니 2시간이라는 결론이 나왔다. 여기서 주의할 점은 노력은 했으나 시간을 못 채웠다고 스트레스 받지 말아야 한다.

스스로 원칙을 세우니 마음이 편해졌다. 상황에 맞게 새롭게 독서목표를 세울 필요가 있었다. 예전처럼 주 3권 3시간씩 독서는 지금의 상황과 맞지 않는다. 나와 맞는 독서 목표를 세우고 나니 바뀐 에너지를 느낄 수 있었다.

책 선물 받는 걸 좋아한다. 도서상품권을 받을 때 제일 기분 좋다. 꼭 읽어보라고 책을 추천해주는 사람은 더 좋다. 경기도에서 잉

글리쉬 무무를 운영하는 이경애 원장님은 책을 읽지 않는 사람과는 말도 섞지 않는다는 농담을 하시는데 그만큼 삶에서 독서를 중요하게 여기신다. 일과 박사학위 공부를 병행하면서도 짬을 내서 책을 읽으신다. 책 읽을 시간이 없어 출퇴근을 지하철로 하는데 〈딜리버링 해피니스〉 책을 꼭 읽어보라며 사진까지 찍어서 보내주시니 참 고마운 분이다. 나도 책에서 찾은 좋은 문구를 발견하면 이경애 원장님께 보내드린다. 책 친구인 셈이다. 환갑이 다 되신 분이지만 나이를 떠나 책을 매체로 일상에서 서로 주고받는 책 문구는 삶을 더 유쾌하게 해준다.

앤서니 라빈스의 책은 사람을 움직이게 하는 힘이 있다. 〈머니〉라는 책은 완독하지 못했지만, 경제적 자유라는 꿈에 대한 생각 속의 거리감을 좁혀 주었다. 재무적 안전, 재무적 활력, 재무적 독립, 재무적 자유. 4단계가 있다.

나는 막연하게 좋은 집에서, 좋은 차를 타고 싶은 욕망이 있었다. 살면서 얼마만큼의 돈을 모아야 하는지도 몰랐다. 4단계를 알고 원하는 것이 명확해야 함을 깨달았다. 그냥 차가 아니라 모하비 페이스 리프트처럼 정확하게 원해야 한다.

재무적 안전은 기본적인 의식주가 해결되는 구조다. 한 달에 얼마만큼의 소비와 지출이 있는지 알아야 한다. 보험, 계비, 부모님 용돈, 관리비, 전기세 등 모든 지출과 소비를 기록했다. 한 달에 얼마의 돈이 필요한지 적어보니 꽤 많았다. 신용카드 사용도 줄인다고 줄였는데 생각보다 많이 나왔다. 한 달 지출을 12개월 곱하면 1년 동안 필요한 돈이 나온다. 60세부터 일하지 않는다는 가정 하에 30년 산다고 치면, 좀 전 12개월 곱한 금액에 30년을 곱하면 재무적 안전에 필요한 금액이 나온다. 우리 가족은 재무적 자유를 꿈꾼다. 아직 초보자 단계지만 꿈은 커야 한다고 말하지 않았던가.

㈜스노우폭스의 김승호 대표는 돈을 버는 능력, 지출하는 능력, 모으는 능력, 관리하는 능력은 모두 다른 능력이라고 했다. 살면서 지출과 비는 능력만을 중요시했시만 모으고 불려서 관리하는 능력은 소홀히 했다. 지금이라도 깨달아서 다행이다. 모으고 관리하는 능력을 높이기 위해 경제 서적을 읽기 시작했다.

직업을 만드는 나이가 있음을 알게 된다. 〈쿨하게 생존하라〉 책에는 그래프가 있다. 25세에서 35세까지는 돈과 재미가 있는 일을 취미로 해보라고 한다. 35세부터 45세까지는 돈과 재미있는 직업을 만들어야 한다고 한다. 35세까지 무엇을 했는지 돌아보니, 돈은 안되지만 독서와 글쓰기로 즐기면서 보냈다. 35세가 다 된 시점부터는 글쓰기를 넘어 책 쓰기에 도전한다. 45세가 되어서도 즐겁게 글을 쓰고 있을 것 같다.

유시민 작가의 책 〈어떻게 살 것인가〉를 보면 자유의지와 자기 결정권을 가진 삶을 살아야 한다는 문구가 나온다. ㈜스노우폭스의 김승호 대표의 특강에서도 같은 이야기를 했다. 독서는 저자의 자기 결정권을 간접적으로 보여주는 사례다. 저자의 경험을 통해 그가 어떤 삶을 택했는지 책으로 접할 수 있기 때문이다. 역사를 배우는 것처럼 작가가 걸어간 길이 마음에 들면 따라가 본다. 따라가기 또한 독자의 자기 결정권이 작용한다. 와인 기자 활동을 하는 수지왕의 블로그에서 와인 자격증이 여러 가지가 있다는 것을 알게 되었다. 어느 것을 배워볼 것인지 선택하는 것은 내 몫이다. 와인 자격증처럼 살면서 스스로 결정을 이어가는 것이 삶의 주인이 되는 게 아닐까. 아무리 좋아 보이는 것도 마음에서 우러나오지 않은 것은 오래가지 않는 법이다.

이랑주 작가의 책을 여러 권 읽었다. 최신작보다 〈마음을 팝니다〉라는 책이 가장 좋았다. 재래시장 상인들을 자기 일처럼 돕는 모습을 보고 백화점에서 편안하게 살 수도 있었을 텐데 스스로 돌아가는 길을 택한 이랑주 작가가 달라 보였다. 소상공인을 위해 세계 일주까지 다녀온 열정은 본받을만했다.

세계여행은 나의 버킷 리스트에도 늘 들어 있는 항목이다. 이랑주 작가의 삶을 알고 나서부터는 세계여행을 가더라도 세상에 공헌하는 목표 하나쯤은 가지고 가야 한다는 생각이 들었다. 가령 와인

을 공부해서 나와 같은 평범한 직장인의 식탁에서도 와인을 즐길
수 있게 하자는 목표를 세우고 떠나는 세계여행처럼 말이다.

몇 년 전, 딸이 쓰는 스케치북 하나를 빌려 '나의 꿈 나의 인생'이
라는 타이틀로 픽쳐 북을 만들었다. 첫 장에는 이제껏 성취한 작은
성공 100개를 적었다. 스펠링 비, 백지영 춤추기, 네일 알바, 첫 임
신, 가정폭력 가정 돕기, 책 출간, 기부 등. 적은 것을 보니 생각보다
성취한 것이 많았다. 작은 성공은 잠시 에너지가 다운될 때 다시 일
어설 힘을 준다. 그 다음은 여행하고 싶은 곳, 살고 싶은 곳, 배우고
싶은 것들로 채웠다. 맨 마지막 장에는 이 책자를 만들면서 깨달은
점을 적었다.

아는 만큼 보인다.
인생은 선택이다.
반드시 선택해야 한다.
올바른 선택은 가슴을 뛰게 하고 실행하게 만든다.
목표를 이루었을 때의 모습이 기대된다.

원하는 것을 떠올리고, 잡지와 인터넷을 뒤져서 찾은 사진으로
만든 책자였다. 생각이 바뀌면 원하는 것도 바뀐다. 생각은 여러 가
지 책을 접할수록 바뀌기도 한다. 목표가 바뀌더라도 스스로 선택

한 삶이라면 가치가 있다.

어떻게 살아야 하는지에 대한 정답은 없다. 책을 통해 꾸준히 삶의 힌트를 발견하여 적용해보고 나와 맞는 것을 찾아간다. 비울 것은 비우고 채울 것은 채워간다. 새로운 책을 만나면 새로운 생각을 이어갈 수 있어 행복하다.

삶은 이렇게 살아야 한다는 원칙이 없어서 즐겁다. 스스로 만들어가면 된다. 삶 속에 어떤 새로움이 기다리고 있을지 기대된다. "오늘도 거대한 행운이 나를 덮칠 것이다."

04

사람 보는 눈, 세상 보는 눈

평범한 일상에는 그때그때 원하는 삶의 모습이 다르다. 싱글일 때는 프로 경찰이 되고 싶었다. 주어진 일을 멋지게 해내는 것과 앞으로 다가올 미래에 원하는 프로 경찰의 모습을 갖추는 것이 꿈이었다. 프로 경찰이 구체적으로 어떤 삶인지 그리지도 못하면서 멋지게 해내는 모습만 가득 담았다.

결혼해서는 승진과 신혼을 여유롭게 즐기는 모습을 담았다. 삶의 충만을 만끽하고 싶었다. 직업을 가졌으니 이제 가정을 가진다면 모든 것이 완벽하게 갖춰지는 줄 알았다. 그러나 삶은 공평하지 않았다. 자녀 소식은 5년이 지난 후에 찾아왔다. 자연 임신이 아닌 과학의 기술을 빌렸다. 첫째를 결혼한 지 6년 만에 출산했는데 그토록 원했던 자녀였지만 나에게 육아는 혹독했다. 남편의 말을 빌리자면 '죽고 싶다'는 말까지 했다고 한다. 퇴근하고 오면 눈이 빨갛게 충혈 되어 힘들고 갑갑하다고 했다.

환경이 바뀌면서 세상을 바라보고 느끼는 렌즈가 달라졌다. 소통 방법도 달라졌다. 가장 확실한 변화는 세상과 단절이 되었을 때 갑갑함을 느꼈고 육아는 외부와의 소통을 멈추게 했다. 집에서 삼시 세 끼 챙겨 먹고 아이와 시간을 보내는 것은 당연히 엄마가 할 일이었지만 하루에도 수천 번 마음이 바뀌었다.

결국 세상과 소통하는 연결고리로 글쓰기와 독서를 찾았다. 첫째를 키울 때와 똑같이 집에서 하루를 보낸다. 갓난아기를 먹이고 입히고 씻기면 하루가 금방 간다. 오후 4시 반이 되면 첫째도 유치원에서 하원해서 4년 전보다 상황은 더 힘들다. 무엇이 달라진 걸까? 밖을 나가지 않아도 글을 쓴다. 집필 중인 작가님과도 통화한다. 어떤 주제로 쓰는지, 잘 쓰고 있는지 서로 안부만 물어도 조금은 힐링이 되었다.

세상은 경험한 것 위주로 보인다. 더 넓게 보고 싶어도 해보지 않고, 겪어보지 않은 것은 와닿지 않는다. 둘째를 키워보기 전까지는 글쓰기와 독서 그리고 경찰 일까지 병행하면서 아이 둘과 균형 맞춰 사는 삶을 겪어 보지 못했다. 모든 게 낯설었지만, 세상과의 연결고리인 독서와 글쓰기 덕분에 매일 나를 벼랑 끝에 세운다. 육아 때문에 힘들어서 못 하는 사람이 아닌 육아 덕분에 해냈다.

도도한 까칠이에서 두리뭉실한 아줌마로 변했다. 첫 직장인 지구대에서 일을 시작할 때만 하더라도 개인주의 성향이 강했다. 누구한테도 피해 끼치는 걸 좋아하지 않았고, 반대로 피해 입는 것도 싫었다. 배려보다는 정확하고 똑 부러지는 일을 선호했다. 좋게 말하면 도도지만, 나쁘게 말하면 쌀쌀맞았다.

책임져야 할 상대가 혼자 밖에 없을 때는 나밖에 몰랐다. 결혼하면서 남편이라는 반려자를 챙기는 연습이 시작되었다. 자녀가 하나 둘씩 생기면서 까칠녀로 살면 자녀들에게 해를 입힐 지도 모른다는 불안감이 엄습했다. 엄마의 모든 것을 따라 하는 딸을 보면서 스스로 바뀌지 않으면 안 되겠다는 생각마저 들었다. 아이와 대화할 때 어릴 때부터 사투리를 잘 쓰지 않았더니 첫째는 지금도 표준어를 주로 사용한다. 책을 읽는 모습을 자주 보여주어서 책을 가까이한다. 짜증도 잘 낸다. 하나하나 엄마를 따라 한다. 가르쳐 주지 않아도 귀신처럼 보고 배운다.

남편이 술을 끊었다. 지인들은 남편이 내 강요로 끊었다고 생각하는 것 같았다. 사실이 아니지만, 충분히 공감은 간다. 첫째 임신했을 때만 하더라도 남편은 사람들과 어울리는 것을 좋아해서 술자리를 즐겼다. 이야기가 길어지면 술자리도 길어진다. 늦은 귀가로 다툼이 잦았다. 전화를 받지 않는 날도 많았다. 어떤 날은 걱정으로 밤을 보낸 적도 있고, 어떤 날은 그냥 기다리다 지쳐 잠든 날도 있었다. 임신 중에 택시를 타고 집에 가다가 교통사고를 당한 적이 있었다. 분만실에서 진료를 받고 있는데 남편은 그날도 술자리에서 응급실로 왔다. 그만큼 애주가였다.

그런 남편이 자발적으로 술을 끊었다. 둘째가 태어난다고 생각하니 두 어깨가 무겁다고 했다. 오래 살고 싶은 마음도 들었다면서 술자리보다 가족들과 함께하는 시간을 더 많이 갖고 싶다고 했다. 몇 년 전 담배 끊었을 때와 같이 마음먹고는 그냥 끊었다. 예의상 한두 잔 정도는 마셔도 더 이상 마시지 않는다. 남편은 가족을 위해 결단을 내렸다.

남편은 술을 끊고 목공을 배웠다. 출산 선물로 화장대를 손수 만들어주었다. 술 문화에서 다른 문화로 갈아탈 수 있었던 이유는 남편의 의지에서 비롯되었다. 결혼 10년 동안 아무리 잔소리를 해도 남편의 술자리는 해결되지 않았다.

나도 마찬가지였다. 술을 좋아했다. 술이 아닌 글쓰기를 택하겠다는 확고한 의지와 가족들과 함께 보내는 시간을 늘리겠다는 의지로 새로운 문화를 열었다. 술만 먹을 때는 주변에 술 먹는 사람들이 많았었는데 관심사가 바뀌자 주변 사람들도 바뀌었다. 휴대폰 통화 목록부터 문자, 카카오톡 상대도 자연스럽게 바뀌었다. 목표까지도 바뀌었다. 경제적 자유라는 원대한 목표도 만들었다. 지출을 줄이고, 저축을 늘리는 방법을 고민한다.

삶을 바꾸고 싶으면 관심사를 바꾸면 된다. 원하는 모습이 무엇인지 생각해보고 실천하면 된다. 이루고 싶은 목표가 없는 것이 아니라 관심사가 없는 것뿐이다.

하루를 보내며 가장 많이 사용하는 것은 휴대전화과 노트북이다. 종이에 글을 쓰면 내 생각을 따라가지 못할 때가 많아 키보드로 쓰는 것을 좋아한다. 휴대전화는 잘못 사용하면 시간 낭비하기 가장 좋은 도구이지만 잘 사용하면 도움이 된다. 휴대전화로 사용하는 몇 개의 앱이 있다. 그중에 자주 애용하는 "Girl Boss Radio"는 미국에서 성공한 여성들을 인터뷰한다. 정치인, 운동선수, 예술가 등 잘 모르는 사람이라도 듣다 보면 흥미로운 이야기를 많이 접한다. 오프라 윈프리 토크쇼와 EdMylett와 같은 동기부여 영상도 자주 본다. 이런 사람들의 다양한 삶을 알아가면서 내 삶을 비춰본다. 독서와 글쓰기를 제일 중요시하는 삶에 어떤 부분이 더해시고 빼빠지면 좋을지도 따져본다.

직장 다니는 부모에게는 시간이 부족하다. 하루 평균 일하는 8시간 제외하면 자신을 위해, 가족을 위해 보낼 시간이 모자란다. 불필요하게 활동하고 있는 게 없는지 점검하는 일종의 하프 타임이 필요하다. 직장 다닌 지 올해가 12년째다. 앞으로 정년까지 24년이 남았다. 휴직 기간인 하프타임을 보내면서 그 어느 때보다 치열하게 삶을 고민한다. 어떻게 사는 게 옳은 것인지. 내가 필요한 곳은 어딘지 고민한다.

SNS는 전 세계 사람들을 연결해 준다. 뉴욕에서 초등학교, 중학교, 고등학교를 함께 다닌 친구들의 일상도 버튼 하나면 볼 수 있다. 가만히 들여다보면 포스팅한 사진만으로 관심사가 무엇인지 알

수 있다. 누구는 커피숍을 다니고, 누구는 맛집을 찾아다닌다. 책 소개하는 사람, 글쓰기 좋아하는 사람, 철봉 좋아하는 사람 등 각자 좋아하는 사진으로 가득하다. 거기에는 라이프 스타일이 반영되어 있다. 내 인스타그램에는 사람들과 방문한 곳이나 읽은 책, 가족과 함께한 모습이 담겨있다. 나처럼 다양하게 관심을 가지면 배우는 것도 다양하다. 반면 와인 애호가인 수지 왕의 블로그 같은 경우는 한 우물만 파는 블로그답게 매일 와인 퀴즈까지 내며 와인 전문 공간으로 꾸며갔다.

이처럼 단 한 가지의 관심사만 선택하라면 무엇을 선택해야 할까? 그것이 무엇이든 나는 무조건 3년은 해봐야 한다고 생각한다. 글쓰기와 독서를 처음 시작할 때 3년은 해보자는 생각으로 덤벼들었다. 와인과 코칭에 대해서도 같은 생각이다. 궁금하면 직접 해봐야 한다. 그것 외에 다른 방법은 없다.

나는 경찰 독서 모임에 참석한다. 독서 모임에만 참석하는 분도 있지만 글쓰기 모임과 함께하는 동료가 대부분이다. 그것은 자기 선택이다. 무엇으로 인생을 채워갈 것인지에 대한 결정은 오직 자기 몫이다. 아무리 나에게 좋은 것도 상대방에게는 독이 될 수 있다. 글쓰기 카페를 운영할 때 초반에 나는 글쓰기도 함께 하면 좋겠다는 권유를 많이 했다. 지금은 권유하기보다 나 스스로 다짐하는 편이다. 꾸준히 끈기 있게 글 써야 하는 사람은 바로 나였기 때문이다. 변화된 모습을 보여주면 분명 필요한 사람은 연결된다. 같은 생각을 하는 소수의 사람과 인연이 되는 꿈. 그들과 함께 가는 멋진 인생을 꿈꾼다.

글쓰기와 독서는 새로운 환경을 맞이하게 해준다. 무엇을 선택하느냐에 따라서 만나고 소통하는 사람도 변한다. 새로운 사람이 생기면 마음에 맞지 않는 사람도 지나간다. 사람과의 관계가 변화하듯이 생김새, 나이도 변한다. 보이지 않는 힘을 믿는다. 눈에 보이지 않는 마음을 잘 먹는다면 더불어 살아가는 사람과도 행복할 수 있다. 나와 가정부터 일으켜 세운다. 다른 사람들이 나를 어떻게 보고 생각하는지는 신경 쓰지 않는다. 오직 어제보다 나은 나와 가정의 모습을 마음에 새긴다. 주변 사람들과 비교하기보다 어제의 모습보다 발전한 오늘의 모습에 웃어보자. 글쓰기와 독서는 내 삶에 여유라는 글자를 안겨다 준다. 스스로에게 잘하고 있다고 웃어준다.

05

행복을 찾아서

행복은 주관적이며 매번 변한다. 5살이 된 딸아이는 유치원에서는 밥점심 시간에 딴 짓 안 하고 잘 먹는다. 그런데 유독 집에서는 멀티플레이어가 되려고 한다. 밥을 먹으면서 그림 그리기, 티브이 보기, 노래하기를 같이한다. 출근길에 딸을 어머니 댁에 맡겼는데 한 숟가락이라도 더 먹이려고 티브이 앞에서 밥을 먹이고 계셨다. 아이를 봐주시는 것만으로도 감사했기에 어머니께 안된다고 말할 수는 없었다. 그날 저녁 딸아이의 습관을 고쳐야겠다고 마음먹었다. 스티커 붙이기를 유독 좋아하는 딸에게 제안했다. 종이 한 장을 가져와 이렇게 적었다.

"스스로 밥 먹기, 밥 먹을 땐 딴짓하지 않아요."

3주 동안 약속을 잘 지키면 선물을 주겠다고 하고 무엇을 갖고 싶냐고 물으니 시크릿쥬쥬의 샤샤 옷을 갖고 싶다고 했다. 딸과 약속하고 실천한 지 3일이 지나서 식탁에 색칠 북을 가지고 오는 습관과 결별했다. 아이에게는 3주 후에 입을 샤샤의 옷이 밥 먹을 때 그림을 그리는 것 보다 큰 행복이었던 것이다.

둘째가 태어난 지 50일이 지났을 때 남편에게 와인 아카데미에서 열리는 1단계 교육을 받고 싶다고 이야기를 꺼냈다가 혼이 났다. 두 가지 이유에서였다. 하나는 며칠 전 둘째가 아직 어리니까 도서관에서 와인 관련 책 100권을 빌려서 읽어보면서 진짜 하고 싶은 공부인지 해보겠다고 해놓고서 말을 번복했다는 것이었다. 다른 하나는 둘째가 최소 서너 살이 되어서 공부해도 늦지 않다는 것이었다. 모두 맞는 말이었다. 하지만 나는 남편에게 몇 년이 지나서 관심사가 바뀌면 어떡하냐고 되물었다. 남편은 몇 년 후에도 지금처럼 와인에 관심이 간다면 오랫동안 공부할 수 있는 분야임이 틀림없다고 했다. 그것 또한 맞는 말이었다. 문득 지식아카데미 허소미 대표가 써준 편지가 떠올랐다.

"티나 아이가 3살이 될 때까지는 아이 곁에 있어 주세요. 하고 싶은 공부는 그 이후에 해도 늦지 않아요."

매번 잊을까 봐 책방 보드에 붙여두었는데 순간 또 잊은 것이다. 법륜 스님도 아이가 3살까지는 엄마가 키워야 한다고 하셨다. 밤낮이 바뀐 아이와 종일 생활하면서 육아로 힘들었던 나에게 와인 공부는 일상의 행복이었다.

남편과의 힘겨운 대화를 마치고, 돈을 써가며 밖에서 받아야 하는 교육 외에 할 수 있는 것이 무엇이 있을까 머리를 굴려 생각해보았다. 무크 사이트가 떠올랐다. 들어가 보니 와인 관련 강의가 2개 올라와 있다. 무료였다. 와인과 역사에 관한 이야기부터 수강 신청했다. 영화나 다큐멘터리를 보는 왓챠 앱에 들어가 '와인'을 검색하니 영화가 나왔다. 와인 블로그도 몇 개 찾았다. 새로운 자극제인 와인 공부를 어떻게 이어갈 수 있을지, 글쓰기로 어떻게 승화시킬지 고민했다. 와인 관련 정보를 찾고, 배워나갈 때 찾아오는 행복감은 하루를 알차게 보내게 도와주었다.

〈놓치고 싶지 않은 나의 꿈 나의 인생 1〉 책에 나온 문구가 계속 떠올랐다.

"진지하게 생각을 거듭하면 반드시 성취된다."

지금의 내 모습은 생각을 거듭해서 얻었다. 되고 싶은 모습이 있으면 매일 아침 자기암시 문구를 외치고 머릿속으로 꿈을 이룬 모습을 상상한다. 원하는 모습을 가질 때까지 이것을 매일 반복해서 행한다.

첫째와 둘째 임신도 똑같은 과정을 거쳤다. 영어독서지도사, KAC 코치 자격증을 포함하여 각종 자격증을 취득할 때도 그랬다. 상상하는 힘과 일어나자마자, 그리고 잠이 들기 직전에 하는 자기 암시로 꿈을 키웠다. 오직 행복해하는 모습만 떠올렸다.

에드윈 번즈라는 사람은 돈 한 푼 없이도 꿈을 이룬 사람이다. 내가 두 번의 출산을 겪으면서 평소 가지고 있던 자유시간을 잃었을 때 떠오른 사람이다. 에드윈 번즈처럼 바닥부터 다시 시작하는 느낌이 들었기 때문이다. 번즈의 머릿속에는 오직 토머스 에디슨과 공동사업을 함께 하는 파트너가 되겠다는 신념밖에 없었다. 돈이 없어서 기차 화물칸에 몸을 실어 에디슨이 사는 뉴저지주로 향했다. 부랑자같이 보이는 겉모습에도 기죽지 않았다. 청소와 같은 허드렛일을 해도 언젠가 함께 공동사업 파트너가 되겠다는 꿈을 잃지 않고 5년을 버텼다. 마침내 기회가 왔을 때 에디슨의 발명품을 모두 팔았다.

행복은 주관적이다. 둘째 아이가 밤새 깨지 않고 자준 날은 행복하다. 아이가 울어서 한두 시간밖에 못 잔 날은 불행하진 않지만 잘 잔 날보다 행복하진 않다.

매일 같이 하루를 기록하며 시작한다. 기록하지 않는 날은 시간이 흘러가는 대로 아낌없이 시간을 사용한다. 성장을 위한 공부인 독서와 글쓰기, 운동, 외국어 공부에 확실히 소홀해진다. 오전, 오후, 저녁 세 번을 나눠서 5분씩만 할애해도 하루는 알차게 변한다. 출근을 하든, 안 하든 우선순위가 있는 삶을 산다. 바쁘지 않지만 중요한 일을 하는 사람이 된다. 결론적으로 좋은 습관과 좋은 생각으로 하루가 이어진다.

하루 중에 자투리 시간이 남는다. 분유를 먹이고 트림시키는 시간처럼 애매한 시간이 있다. 자투리 시간만 잘 활용해도 에너지가 올라가는 것을 목격했다. 티브이 보는 시간 대신 와인이나 외국어 영상으로 대체해도 생산적인 일을 하는 것으로 느껴졌다. 자신감 상승으로 이어졌다.

행복은 매일 어떤 일상을 선택하는지에 따라 달렸다. 가족과 함께 보내는 시간과 함께, 어떻게 나를 행복하게 만들 것인지에 대한 고민은 행복한 고민이다. 내가 행복해야 가족도 행복하기 때문이다.

현재의 나와 미래의 나와의 갭을 줄이는 것이 과연 행복일까? 원하는 모습으로 가기 위해서는 성과가 필요하지만 때로는 멈춤도 필요하다. 〈멈추면 비로소 보이는 것들〉이라는 책 제목처럼 단어 사이에도 띄어쓰기가 필요하듯이 세상에는 멈추면 보이는 것들이 많다는 사실을 내가 멈추면서 알게 되었다. 아이 때문에 평소 하던 일을 멈춰야 했다. 글쓰기와 독서 시간도 줄여야 했다. 외국어, 코칭 공부도 마찬가지다. 일종의 하프타임을 가지면서 나와 가족을 더 많이 돌아보게 되었다.

한 권의 책을 다 읽지 못해도 한 장의 책을 보면서 깨닫는 것이 더 많았다. 책을 많이 읽는다고 해서 좋은 게 아니라는 말이 이해되었다. 단 한 줄의 문장으로도 인생은 변할 수 있다는 말을 믿게 되었다.

행복은 스스로 정해야 한다. 상황에 맞게 바꿀 여유도 부릴 줄 알아야 한다. 오늘도 행복을 찾아서 일상에서 불필요한 일을 제거하고 수정해간다. 부족하지만 변경해나가면서 계속해서 행복을 찾는다. 책에서, 글쓰기에서, 일상에서 발견한 것을 재창조하여 내 것으로 만드는 것이 내 몫이다. 행복해지자. 나중이 아닌 바로 지금.

매일 멘토링 받는다

행복은 어디에 있는 걸까. 첫째 예빈이가 아팠는데 57일 된 예설이도 기침과 코감기가 심해졌다. 하필 이런 날 남편은 야간근무다. 두 아이를 재우고 멍하니 침대에 누웠다. 어두컴컴한 방안에서 문득 나는 지금 행복한지 생각했다. 양옆에는 두 딸이 곤히 자고 있다. 예설이는 코가 막혀서 호흡이 거칠다. 두 딸의 볼을 쓰다듬으며 생각에 잠겼다.

몇 년 전 〈아티스트웨이〉라는 책 읽고 미션 수행하던 일이 떠올랐다. 독서 금지 미션이었다. 일주일 동안 독서를 못 해서 글쓰기에 몰입했던 모습이 생각났다. 어떻게 살아야 한단 말인가? 거꾸로 생각해봤다. 내가 하고 싶은 일 말고 딸과 남편만을 위해서 알차게 보냈던 날은 얼마나 될까? 육아휴직 1년을 진정한 육아 시간으로 보낸다는 생각은 왜 한 번도 하지 않았던 걸까? 그것은 나의 욕심 때문이었다. 아이를 키우면서 하고 싶은 일을 병행할 수 있다는 말도 안 되는 자신감 때문이었다.

팀페리스의 〈나는 4시간 일한다〉의 책 제목처럼 황미옥의 삶을 위해서 딱 4시간만 살고, 나머지 시간은 가족을 위한 시간을 보내면 어떨까 생각해봤다. 왜 한 번도 가족을 위한 고민을 해보지 않았는지 후회가 되었다. 나를 위해서라도 멈춤의 시간이 필요했다. 바쁘게 시간만 투자한다고 방향성이 잡히는 건 아니니까. 인생은 선택이라는 말처럼, 천정을 바라보면서 가족과 함께하는 시간을 보내야겠다고 마음먹었다.

블루투스 키보드를 꺼냈다. 어둠 속에서 글을 쓰기 시작했다. 1시간 가까이 쓰면서 내린 결론은 4시간만 나답게 일하자. 나머지 시간은 운동하고, 무슨 반친올 민들지 고민도 해보고 직접 만들어 보고, 말이다. 집 정리도 하고 필요하면 꽃꽂이도 배워서 가정에 도움이 되는 시간으로 보내자고 결론을 내렸다. 자기경영과 육아 사이에서 떠도는 생각을 가로채 글쓰기로 승화시켜 내린 결론이었다.

운동으로 몸만들기 시작한 게 이번이 다섯 번째다. 결혼 전에 하와이로 신혼여행 가기 전에 몸무게 6킬로그램을 뺐다. 매일 러닝머신을 한 시간씩 탔다. 25살은 조금만 운동해도 잘 빠졌다. 삼십 대 초반에 관광경찰대 발령 전에 또다시 6킬로그램을 뺐다. 저염식 식단과 2달 헬스 PT를 받으면서 7킬로그램 감량했다. 출산 후에 플라잉 요가와 필라테스 운동 배웠다. 식단은 일반식단으로 하면서 저녁 6시 이후 금식했다. 똑같이 6킬로그램이 감소했다. 둘째를 낳고 산후 6주부터 걷기 운동을 시작했다. 지금은 6킬로그램이 아닌 12 킬로그램이 남았다.

운동은 에너지를 말한다. 운동하는 날과 하지 않는 날의 차이는 크다. 운동 자체만으로도 효과가 있겠지만 러닝머신 위를 걸을 때 운동과 병행하는 특별한 놀이가 있다. 일종의 의식이다. 종이 한 장을 꺼내 러닝머신 위에 테이프로 붙인다. 걸으면서 생각 놀이를 진행한다. 어제는 10년 후, 20년 후 원하는 모습을 적었다. 46세와 56세에 진심으로 원하는 모습이 어떤 것일지 생각해봤다. 걸으면서 생각하니 더 재밌었다. 와인과 코칭 분야 공부를 꾸준히 해서 10년, 20년 후에는 그 분야의 1%가 되어 제자 양성과 함께 폭넓게 활동하는 모습을 그리고 있었다. 생각만 해도 짜릿했다. 그리고 원하는 모습을 이루기 위해서 그 분야의 체계적인 공부도 필요하겠지만 외국어 실력도 필수라는 생각이 들었다. 원서를 읽고, 낭독하고, 듣고, 쓰는 시간이 필요했다. 하루 10분으로 시작해야겠다는 생각이 들었다. '하루 4시간 일하기'에 영어와 중국어 공부가 포함된 이유다.

운동으로 몸부터 다지는 이유도 기분 전환에 도움이 되기 때문이다. 종일 좋은 기분을 유지하면 배우는 것에도 도움이 된다. 아이들과 남편에게도 상냥해진다. 일석이조다.

내게는 소장하고 있는 책이 많다. 2년 후에 좁은 곳으로 이사해야 해서 짐을 줄이고 싶은데 가장 안 되는 것이 책이다. 많이 소장한다고 똑똑한 것도 아닌데 책에 대한 집착은 다른 물건 못지않게 크다. 기준을 정하니 버릴 때 마음이 편해졌다. 또 이것이 읽고 싶은 책인지 아닌지 물으니 답이 나왔다. 두고두고 읽고 싶은 책은 눈에 제일 잘 보이는 곳에 두었다. 한 번도 안 읽은 책은 밑에 칸에 두었다. 강규형 대표와 캘리 최 대표는 자신이 출간한 책에 추천 도서를 추가한 것을 보고 책 읽는 이유가 하나 더 생겼다. 몇 년 뒤에 후배와 지인들에게 추천해줄 나만의 도서 리스트를 만들어보기로 한 것이다. 책을 선물할 때나 추천할 때 도움을 줄 수 있도록 말이다.

독서는 매일 멘토링 받게 해준다. 책에서 만나는 저자들의 이야기를 통해서 하나라도 삶에 도움이 되는 것을 발견한다면, 독서에 투자한 시간은 아깝지 않다. 더 나아가 그것을 응용해서 새로운 아이디어로 탄생시킨다면 축복일 것이다. 아직 한 저자의 책을 모두 읽은 책이 없다. 집에 소장하고 있는 책 중에서 피터 드러커의 책이 가장 많다. 어려운 책도 있지만, 꾸준히 읽어서 모두 읽기를 바란다.

자기경영을 실천하면서 산다. 시간 관리와 우선순위, 공헌, 의사결정, 강점을 완벽하게 실천하지는 못하지만, 애를 쓰며 산다. 매일 계획이 아닌 시간에서 출발하는 삶을 훈련한다. 책 읽기와 글쓰기는 가족의 행복과 더불어 현직경찰관으로서 어떻게 사는 것이 행복한지 알려주고 하고 싶은 공부는 에너지를 심어준다. 끊임없이 에너지가 솟아나는 이유는 원하는 것을 하고 있기 때문이 아닐까?

점심 먹으려는데 후배에게 전화가 왔다. 자기보다 3년 고참 선배가 자기 일을 떠넘기려 한다며 씩씩거리는 소리가 수화기 반대편에서 들려왔다. 일을 미루려는 선배에게 거절하는 것과 흔쾌히 해주는 것 두 가지 선택지가 있었다. 거절하면 마음이 불편하다. 대신해주면 마음은 편하겠지만 시간이 낭비된다. 정답은 없지만, 부탁을 들어주고 다음에 도움이 필요할 때 도와달라고 하는 쪽으로 권했다. 조언자는 의견을 표현할 수 있지만, 선택은 자기 몫이다.

살면서 선택하는 게 애매할 때 조언을 구하기 위해서 물어볼 사람이 있다는 것은 행복한 일이다. 얼만 전까지도 고3 담임선생님께 전화해서 물어보기도 했다. 6번째 책 집필에 대한 조언을 구하러 전화를 드렸었다. 하지만 그 어떤 조언보다 중요한 것은 자기 생각과 감각이다. 오랜 시간 걸리는 질문도 있고, 바로바로 해결 가능한 것도 있다. 오랜 시간이 걸리는 질문은 책을 통해서 생각해본다. 자녀를 어떻게 키우는 것이 옳은지에 대한 질문은 육아 책을 살펴보면서 나와 맞는 것을 찾아갔다. 육아휴직 1년 계획처럼 간단한 것들은 글쓰기를 통해 내면에 질문하면서 결론 낸다.

메가스터디 김기훈 대표의 목표는 전국 학생들이 빨리 배우고 오래 기억할 수 있도록 도와줄 방법을 찾는 것이다. 그가 찾은 답은 '온라인'이다. 60시간 일하면 3시간 강의하고 나머지 57시간은 자료 연구, 혁신, 커리큘럼 개발, 학생들 응답으로 보낸다. 다른 사람을 위해서 공부하는 사람은 주변에서 쉽게 찾지 못했다. 공헌과 연결되는 명확한 목표가 필요하다. 명확한 목표는 일상을 바꾼다. 시간보다 더 중요한 것은 꾸준함이다. 꿈을 잃지 않기 위해서 필요한 것은 간절함이다.

마인드의 대가 밥 프록터는 하루 1시간 공부면 충분하다고 했다. 아침에 일어나서 1시간 공부하는 사람과 아닌 사람의 결말은 다르다고 했다. 아침에 눈을 뜨면 되고 싶은 모습을 상상한다. 오늘도 58일 된 예설이를 품에 안고 영어 원서 낭독 10분을 실천했다. 주어진 시간을 헛되이 보내지 않고 쪼개어 쓰는 것도 능력이다. 꾸준함을 일깨워 주는 것은 끝 그림이다. 내 인생에서 되고 싶은 모습 말이다. 자녀에게 사랑을 주는 엄마의 모습, 남편과 함께 평생 대화하는 모습, 와인과 코칭 분야에서 1% 사람, 경찰조직에서 후배에게 긍정적인 마인드를 심어주는 선배와 같은 모습 등이다.

삶의 곳곳에서 멘토링을 받는다. 책 읽기와 글쓰기는 셀프 멘토링이다. 이것으로 내가 더 나은 사람이 되어간다. 원하는 모습을 끊임없이 수정해간다. 매일 할 일을 실천했는지 체크해가면서 일상을 누린다. 가장 큰 멘토는 바로 나 자신 황미옥이다.

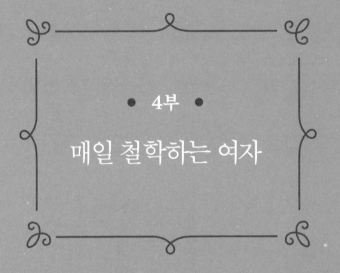

4부

매일 철학하는 여자

01

철학, 우습게 보자!

〈10년 후에도 일해야 하는 당신에게〉라는 책에서 와 닿는 문구 하나를 발견했다.

"커뮤니케이션은 전달이 아니라 공유다."

아침에는 가족과 함께 생활한다. 첫째가 유치원 가기 두 시간 전과 하원하고 와서 자기 전까지는 전쟁터가 따로 없다. 울기라도 하면 상황은 배로 힘들어진다. 둘째가 태어나면서 무뚝뚝한 첫째는 애교가 생겼다. 아침에 일어났을 때나 어딜 갔다 오면 동생에게 매번 이렇게 말해준다.

"예설이 귀여워요, 아이 귀여워요."

목소리 톤이 올라가고 귀여운 목소리로 변한다. 둘째가 생기면서 첫째와 이야기하는 시간이 부쩍 줄었다. 노력은 하지만 갓난아기와 붙어 있는 시간이 많다 보니 미안한 마음이다. 첫째 딸에게 엄마의 마음을 전달하기보다 공유해야겠다는 생각이 들었다.

첫째가 좋아할 만한 것들 위주로 공유해보면 어떨까? 첫째는 친구들과 함께 보내는 시간을 좋아한다. 한 달에 한두 번 친한 친구들과 만나 영화도 보고 밥도 먹으면서 놀 수 있는 시간을 마련하는 것도 엄마의 역할이라는 생각이 들었다. 책 속에 한 줄의 문구 덕분에 다가올 일정을 추가 할 수 있었다. 딸이 웃는 모습을 떠올려 본다.

좋은 기사를 섭하면 쓱 인쇄해둔다. 두고두고 여러 번 보기 위해서다. 짐 콜린스, 워런 버핏, 추신수 선수와 관련된 인상적인 기사를 발견했다. 스탠퍼드 대학교에서 가져온 것으로 보인다. 짐 콜린스의 인생 질문은 4가지다.

1. Good at
2. Born to be
3. pay you to do
4. who

무엇을 잘하는가, 무엇을 하기 위해 태어났는가, 무엇으로 돈을 벌 것인가. 누구와 함께할 것인가. 첫 번째부터 세 번째 질문을 던질 때까지는 행복감이 충만하지 않았다고 했다. 마지막 질문인 누구와 함께할 것인가를 정했을 때 비로소 행복했다고 했다. 한동안 생각에 빠졌다. 프린트한 짐 콜린스의 인생 질문이 담긴 기사 내용을 들고 다니면서 삶을 고민했다. 그렇다면 나는? 바인더에 꽂아둔 종이를 꺼내 다시 생각해봤다.

내가 잘하는 건 뭐지?
끝까지 열정적으로 해내는 것은 뭐지?
무엇을 하기 위해 태어났지?
아직 잘 모르겠어.

무엇으로 경제적 안정을 얻지?
공무원으로 일하면서 와인 마스터의 삶을 살고 싶어.
전 세계 사람들과 와인이라는 매체로 소통하고 글도 쓰고 싶어.

누구와 함께하고 싶지?
가족들과 오랫동안 행복해지고 싶어.
주변에 글쓰기와 코칭, 와인을 좋아하는 사람들과 함께하고 싶어.

작년과 비교해보면 관심사는 바뀌었다. 작년에는 책 출간과 독서가 주요 관심사였다. 때로는 다른 사람의 인생 질문이 나에게도 효과적일 수 있다. 계속해서 질문하고 답해가면서 꼭 맞는 답을 발견할 때까지의 여정이 인생이 아닐까?

워런 버핏은 절대 잘 알지 못하는 분야에 투자하지 않는다고 한다. 관심 분야를 최대한 좁혀 아주 깊게 분석한다. 버핏의 비행기 조종사에게 인생에서 하고 싶은 일 25가지를 정해 5가지를 좁혀 집중하며 살라고 한 말도 같은 취지가 아닐까? 추신수 선수는 타격 폼을 바꿨다. 전략은 적세 휘두르는 자제력과 나쁜 공은 참아내는 인내력이다.

나도 워런 버핏의 인생철학처럼 관심 분야 5가지를 정해봤다. 재미도 있고 돈도 되는 일이 뭐가 있을까 고민해봤다. 공무원은 강의하면 신고를 해야 한다. 횟수와 금액에 제한이 있다. 마스터 코치와 와인 마스터로 활동하는 시기는 퇴직 이후이다. 활동 전에 깊게 파고 공부하려면 시간이 많이 필요하다. 책값과 수업비도 만만치 않다. 자신에 대한 투자가 필요하다. 마지막으로 여기에 더해서 정신과 몸이 건강한 사람이고 되고 싶다. 4개의 삶을 잘 살아내기 위해서는 마인드와 체력이 필수다.

버핏의 이야기는 강점을 생각하게 해준다. 추신수 선수의 자제력과 인내력은 꿈을 포기하지 않는 힘과 여러 가지에 도전하기보다 몇 가지에 집중하는 힘을 보여준다. 내가 너무 많은 것을 하려고 할 때 항상 브레이크를 걸어주는 사람이 있다. 바로 남편이다. 적절하게 나타나 더 많은 일을 벌이지 않고 한길로 가게끔 도와준다.

짐 콜린스는 36살 때 피터 드러커를 만났다. 더 성공하기 위해서 어떻게 해야 하는지 물었다. 드러커는 질문이 잘못되었다고 했다. 성공 대신 공헌이라는 단어로 바꾸라고 했다. 성공은 항상 공헌과 함께 가야 한다는 것이었다고.

매년 나의 연간계획을 작성할 때 기부와 나눔 분야는 꼭 포함되어 있다. 무엇을 줄 수 있는지 고민한다. 출산한 지 6주도 안 되어서 중앙경찰학교에서 교육받고 있는 교육생에게 시간 관리 재능기부를 해주었다. 방학이 끝나면 지구대로 실습을 가야 해서 8월 초 밖에 시간이 되지 않는다고 했다. 몸은 완전히 회복되지 않았지만 만나서 알려주었다. 만약 공헌을 생각하지 않았다면 산후조리 기간이라 몸이 온전치 못한다는 핑계를 댔을 것이다.

칼 융은 제2의 성인기가 40세 이후에 시작된다고 했다. 52세까지 자신의 내면을 관찰했고 듣고 기록했다. 아직 칼 융처럼 오십이 되지 않았지만 듣고 본 것을 기록하는 이유는 나를 더 잘 알기 위해서다. 나를 알면 앞으로 나아갈 수 있다. 과거의 역사를 살펴보면서 실수를 되풀이하지 않고 지혜롭게 문제를 헤쳐나갈 수 있다. 짐 콜린스의 인생 질문 4가지, 워런 버핏의 관심 분야 줄이는 작업, 추신수 선수의 자제력과 인내력의 공통점은 스스로 던진 질문에서 나왔다는 점이다. 나만의 질문을 찾기 위해서 책에서 질문을 만날 때마다 수시로 물음표를 던졌다. 나에게 맞는 질문은 두 개로 압축된다.

"어떻게 살 것인가?"
"죽어서 어떤 사람으로 기억되고 싶은가?"

끊임없이 두 질문을 가지고 사색에 잠긴다. 일상에서 보고 듣고 느끼고 생각하는 모든 깃의 토대는 두 개의 실문으로 이어진다. 중요하지 않은 생각은 없다. 일상이 철학이다.

02
삶의 깊이를 위하여

아주 오래전에 살았던 장자는 수레바퀴 깎는 기술은 아들에게 전수해 줄 수 없는 일이라고 했다. 오직 감각으로만 알 수 있는 부분이라서. 장자의 수레바퀴 이야기를 접했을 때, 마치 사람의 마음과도 같다는 생각이 들었다. 수레바퀴 깎는 기술을 아들에게 알려 줄 수 없듯이 가지고 있는 마음을 밖으로 내비칠 수 없다. 헤르멘 헤세의 소설을 읽고 있다. 싯다르타의 단 하나의 목표는 마음 비우기다. 정신을 훈련하며 집중한다. 마음속에 모든 마음을 비우기 위해서.

장자는 수레바퀴를 깎고, 싯다르타는 마음을 집중하는 훈련을 한다. 그들처럼 내가 하는 반복되는 행위는 무엇일지 생각해봤다. 우습게도 분유 타는 일이 떠오른다. 4년 전 첫째를 기를 때 분유를 타봤지만 둘째를 낳고 분유 타는 법이 생각나지 않았다. 얼마의 온도로 타야 하는지, 젖병은 얼마나 흔들어야 하는지 전혀 떠오르지가 않았다. 어머니와 남편이 타는 방법은 모두 다르다. 남편은 주전자 버튼을 눌러서 85도로 끓인 다음에 40도까지 찬물에 식히면서 물 온도 맞춘다. 어머니는 40도로 끓여서 85도 버튼을 잠시 몇 초간 눌러서 살짝 온도가 올라오게 해서 맞춘다. 손을 주전자에 갖다 대고 적당하다 싶으면 버튼을 끈다. 젖병 온도는 서로 각각 다르다.

살면서 배우는 모든 것은 다른 사람에게서 배워서 익힌 지식이다. 직접 사람에게 배우든 책을 통해서 배우든 다른 사람의 것은 내 것이 되지 않음을 깨달았다. 배운 것에 내 지식과 지혜를 담아서 새로운 것을 만들어 낼 때 오직 내 것이 된다. 분유를 타더라도 어머니의 방식을 선택했지만 맞춘 물의 온도는 내 방식인 것처럼 말이다. 보고, 듣고, 실천한 모든 것은 나만의 방식대로 재창조될 때 오래갔다.

나는 물건에 욕심이 있다. 집을 둘러보면 어릴 때부터 사용하던 것이 꽤 있다. 일기장, 수첩, 다이어리. 심지어는 책까지. 초등학교 6학년 때 과학 선생님이 선물해준 책도 아직 가지고 있다. 옷은 또 어떤가? 옷을 사랑하는 고모는 내가 패션 감각이 없다는 이유로, 자기 옷을 살 때 한 벌 더 사서 선물해 줄 때가 많다. 걸린 옷을 보고 있으면 내가 산 옷보다 고모에게 받은 옷이 더 많다. 문제는 입지 않는 옷도 매번 옷걸이에 걸려있다는 것이다. 왜 버리지 못하는 걸까. 시어머니는 반대로 버리는 걸 좋아하신다.

"옥아, 안 입는 건 제발 좀 버려."

늘 말씀하시지만 버리는 게 잘 안 된다. 20대 중반부터 책을 사서 읽기 시작했다. 당장 읽지 않을 책도 샀다. 책꽂이에 꽂아두면 밥을 안 먹어도 배부른 그런 기분이 들었다.

작년 여름 어느 날, 부산 남구에 위치한 아주 큰 서점에 방문했다. 여행용 가방과 박스에 책을 가득 넣어서 가져갔다. 중고도서로 팔 생각이었다. 카운터에 서서 가져온 책값을 계산하는데 한 권에 1,000원도 안 쳐주는 책들이 많았다. 살 때는 만원 넘는 책이 대부분인데 팔 때는 절반도 안 쳐주었다. 형편없는 가격이 매겨지는 책을 보면서 생각했다. 소장할 책 말고는 한 번 더 생각하고 사야지. 게다가 밑줄 친 책은 팔 수도 없었다. 왜 책 욕심을 부리는 걸까 곰곰이 생각해봤다. 욕심 때문이었다. 소유하고자 하는 욕심 말이다. 소유라는 글자 앞에 '무' 자를 붙이면 완전 반대말이 된다. 글자 하나를 더하고 빼는 것처럼 내 마음도 그렇게 될 수는 없을까?

2년 뒤에 이사할 계획이 있다. 평수를 좁혀서 갈 예정이다. 집에 있는 물건들, 특히 책을 정리해야 한다. 임신 기간부터 읽고 소장할 책과 버릴 책을 구별하려고 옷장에 쌓아두었다. 250권 정도 되는 책이 있지만 집에 있는 책보다 읽고 싶은 책이 계속 생겨서 도서관에서 빌려올 때가 더 많았다. 소장한다고 책에 있는 지식이 내 것이 되지는 않는다. 버려야 했다. 가지고 있는 책을 이 방 저 방 옮기면서 많이 처분했다.

독서습관이 바뀌었다. 예전에는 한 권의 책을 읽고 서평을 써야 마음이 편했다. 둘째를 낳고 나서부터는 예전처럼 긴 시간 책을 읽을 시간이 없어 짬짬이 독서를 해야 하다 보니 서평까지 쓰는 게 부담스러웠다. 요즘 내가 택한 독서법은 손이 가는 대로 그날 기분 따라서 책을 잡아서 읽는 것이다. 읽은 부분 중에서 생각하고 싶거나 메모해두고 싶은 문구를 종이에 옮겨 적는데 아무 책이나 읽으면 메모한 것이 이리저리 분산되어 마음이 불편했다.

처음에는 낱개로 된 독서 노트에 적었는데 여기저기 책마다 흩어져 있는 게 자료 보관 면에서 좋지 않았다. 독서 노트 한 권을 마련해서 어느 책을 읽든 책 제목과 읽기 시작한 시간과 읽기를 끝낸 시간을 꼭 적었다. 읽을 때마다 와닿는 문구를 만나면 그 노트에 적었다. 하루 동안 이 책 저 책 읽으면서 마음을 움직인 문구를 보면서 하루를 마무리해 보니 머릿속 사고가 융합되는 느낌이 들었다. 무엇보다 마음이 편했다. 서평 쓰기에 대한 집착이 사라졌다. 대신 독서 시간은 지켰다. 싯다르타를 읽고, 다음으로 〈파리에서 도시락을 파는 여자〉에 손이 갔다.

책 읽기 전에 표지와 목차를 꼼꼼히 보는 편이다. 표지 안쪽 저자 소개 코너에서 멈추었다. 캘리 최 작가는 행복을 1순위로 정해서 기업 문화에 적용한다고 했다. 자신, 가족, 직원, 가맹점 점주, 고객과 더불어 전 인류를 행복하게 만들기 위한 방법을 늘 고민한다고 했다. 책 표지를 읽다가 김성자 여사님이 떠올랐다.

　김성자 여사님은 바로 시어머니다. 올해가 결혼생활 10년째다. 어머님은 한결같은 분이다. 직장인도 아니다. 오직 주부로서 집안일만 해오셨다. 누구보다 타인을 생각하는 마음은 우주 통틀어 1등이시다. 배려심이 몸에 배어있으시다. 같은 아파트에 사는 어머니 친구 분은 매번 김장철만 되면 어머니를 불러서 같이 김장하셨다. 옆에서 보기에도 버거워 보였다. 우리 가족 먹을 것만 해도 힘드실 텐데 매번 거절하지 못하시고 도와주러 가신다. 어머니는 가까운 거리는 택시도 안타신다. 택시 기사님에게 미안해서다. 기본요금도 안 나오는 거리를 운전하게 하는 게 미안하다고 하신다해서.

　지난주에 첫째 딸 친구 엄마들과 키즈카페에 다녀왔다. 남편도 같이 가게 되어 둘째를 봐달라고 어머니께 부탁드렸다. 주원이 엄마, 우찬이 엄마와 나눠 먹으라고 옥수수를 삶아서 주셨다. 자신에게 일어나는 모든 일에 선을 베푸시는 한결같은 어머니를 보면서 며느리도 변하고 있었다. 특히, 자장면 먹고 나서 그릇을 씻어주시는 어머니. 지난주에 어머니와 집에서 자장면을 시켜 먹고 무심코 그릇을 씻어서 밖에 내놓는 내 모습을 보면서 피식 웃음이 나왔다. 시집오기 전과 완전히 다른 모습이었다. 나도 모르게 어머니께 많이 배우고 있었다. 이래서 매일 보는 것이 중요하구나 하고 생각했다.

마음속에 담긴 생각을 글로 쓰고 나면 마음이 편안해진다. 글쓰기는 내 마음을 보여주는 도구다. 보이지 않는 내 마음을 표현하는 방법을 훈련하는 것이 글쓰기라고 말하고 싶다. 표현하는 것이 서툰 나는 글쓰기로 표현하는 훈련을 하는 중이다. 내 마음을 잘 사용할 줄 아는 사람이 되고 싶다. 머리보다 마음이 따뜻한 사람이 되고 싶다. 점점 삶의 깊이가 더해지는 사람이 되고 싶다. 어머니처럼 나눌 줄 아는 사람이 되고 싶다.

검색을 하다가 가수 박진영의 영상을 보게 되었다. 박진영은 가지고 있는 꿈을 빈칸에 채워보라고 했다.

"I want to be _____"

빈칸에 성공을 넣어봤다. I want to be successful. 가수 박진영도 성공을 원했다. 20대에 20억을 벌어서 성공했다고 생각했는데 삶의 충만함이 느껴지지 않았다고 했다. 문장을 바꿨다.

"I want to live for _____"

인생에서 발견할만한 가치는 무엇인지 고민했다. 위 문장은 위치를 의미하고, 밑 문장은 삶의 가치를 뜻한다. 위의 것은 수단이고 밑의 것은 꿈이다. 어떤 가치를 가지고 살아야 하는지 찾고 싶었다. 빈칸을 채우고 싶었다. 가수 박진영이 찾은 답은 존경심이라고 했다. 존경이라는 단어를 사용했다. 나도 고민을 해봤다. 내가 찾은 답은 사랑이었다. 사랑받은 사람이 사랑을 더 잘 나눠준다. 사랑이 존재하는 곳에는 따뜻함이 있다. 어머니가 며느리에게 보내주는 무한 사랑처럼 사랑이 있는 곳에 삶을 함께하고 싶다.

제대로 된 인생은 지금부터다. 80세에 모델이 되어 베이징 런웨이를 걷는 중국인 할아버지의 표정을 인터넷으로 본 적이 있다. 머리부터 발끝까지 자신감으로 무장되어 있었다. 아우라가 느껴졌다. 왕데슌 할아버지는 70세부터 근육 몸매 만들기에 도전했다. 나는 아직 삼십 대 중반이다. 지금 나이에 내 나이를 더하면 할아버지와 비슷해진다. 왕데슌 할아버지가 자신이 늙었는지 아는 방법은 한 번도 도전해본 적 없는 일을 해봤는지 스스로에게 묻는 것에 달렸다고 했다. 인생은 도전이 아닐까? 지금의 내 모습은 한 번도 도전해보지 않은 일을 즐겁게 해내면서 만들어왔다. 왕데슌 할아버지처럼 나이가 들었을 때 나의 삶이 얼마나 깊어져 있을지 기대된다.

03
내 멋대로의 철학

"한 사람에게 꿈이 되는 삶을 살자."

카톡 프로필 넁이다. 맘에 드는 문구를 만나면 꼭 카톡 프로필을 바꾼다. 매일 자주 보는 카톡은 내 분신이나 다름없다. 누군가에게 보여지기도 하지만 먼저 나 스스로가 자주 본다. 하루에도 몇 번씩 보면서 흐트러진 마음을 다잡는다.

주변에 아침에 일어나는 게 힘들다는 말을 하는 사람들이 종종 있다. 왜 그럴까 생각해보니, 하고 싶은 것이 없을 때 그랬던것 같다. 성인이 된 이후로는, 줄곧 하고 싶은 것들이 넘쳤던 나는 항상 심장이 두근두근했다. 원하는 것을 이룬 모습을 생각하면 설렌다. 한번 시작한 일은 최고가 되고 싶다. 끝까지 해내고야 마는 뚝심이 있다. 태어날 때부터 뚝심이 있었는지, 살면서 생겼는지 모르겠지만 뚝심 DNA가 있다는 것은 안다.

나는 제복 입는 경찰관이다. 단 한 명의 후배, 단 한 명의 시민에게 도움이 되는 사람이 되고 싶다. 경찰 드라마 〈라이브〉에서 오양촌 경위가 잃어버린 사명감을 돌려달라고 오열하는 장면이 나온다. 나는 12년째 근무했지만, 사명감에 대한 정의를 완벽하게 내리지 못하겠다. 오양촌 경위의 말대로 '밥값 하자!'는 말이 더 와닿는 이유이다. 나에게 최고의 하루는 후회 없이 밥값을 해낸 날이다.

삶에서 내가 원하는 목표는 꼭 필요하다. 원하는 것이 없을 때 삶은 무료해졌다. 시간에 끌려서 살았다. 지금은 하고 싶은 게 참 많은 12년 차 경찰이다. 가정이 있으니 목표를 향해 살아가는 것이 녹록치만은 않다. 하지만 가지고 있는 꿈 리스트는 틈틈이 수정한다. 갖고 싶은 리스트에 '평생 친구 3명'이라고 적어둔 적이 있었다. 마음 맞는 친구 3명만 있으면 세상 부러울 것이 없을 것만 같았다. 솔직히 말하면 아직 모든 것을 털어놓을 정도로 돈독한 친구를 만나지 못했다.

둘째가 태어난 이후로 한 달에 한두 번은 딸과 데이트하면서 스트레스 풀어주려고 노력한다. 어제도 그런 날이었다. 발레를 같이 다니는 연아와 여진이랑 〈라라와 움직이는 비밀의 숲〉 영화 보러 갔다. 유고가 엄마를 찾아 떠나겠다고 하자, 라라가 이렇게 말했다.

"네가 어디를 가든 따라갈 거야."

라라와 같은 죽마고우가 있었으면 좋겠다는 생각을 했다.

짐 콜린스의 인생 질문 4가지를 자주 떠올려 생각한다. 잘하는 일, 소명, 성과 등도 중요하지만 인생 여행에서 가장 중요한 것은 함께하는 사람이다. 나에게는 무엇이 가장 중요할까? 아무리 성공하고 재능이 많아도 사랑하는 사람들과 함께할 수 없는 상황이라면 불행하다는 생각이 든다. 그런데 왜 머리로는 알면서도 이렇게 조바심을 내면서 살까?

어제도 남편이 야간근무로 출근하고 나서 둘째가 보챘다. 안아서 달래주고 눕히면 또 울고 하는 시간이 반복되었다. 아이들을 재우고 설거지를 하고 나서 생각 정리를 할 계획이었기에 바인더를 꺼내두었는데 아무것도 못 하게 되었다. 해야 할 일을 하지 못하니 스트레스 받는 게 느껴졌다. 함께하는 사람이 중요하다면 딸은 가장 소중한 사람인데 왜 조바심을 내는 걸까? 가슴이 아닌 머리로만 생각했던 건 아닐까?

두 딸을 평생 친구라고 생각해봤다. 그냥 딸이 아닌 친구라고 여기니 새로웠다. 아직 둘째가 어리니까 천천히 묵묵히 걸어가자고 마음을 다졌다. 하고 싶은 게 많을수록 마음이 급해졌다. 일상을 단순히 할 필요가 있었다. 글쓰기, 독서, 와인, 코칭, 외국어만 하자. 거기에다 아이 둘도 잘 키우자. 일단 휴직 기간 1년은 기본기를 다지는 시간으로 하자고 마음먹으니 딸 둘이 눈에 다시 들어오기 시작했다.

　나는 울고 싶을 때는 장소를 가리지 않고 그냥 우는 편이다. 〈라라와 움직이는 비밀의 숲〉 마지막 장면에 엄마와 헤어지는 장면이 나오는데 동심으로 돌아간 것처럼 뺨에서 뜨거운 게 마구 흘러내렸다. 오른쪽 옆을 보니, 예빈이 친구 여진이가 폭풍 눈물을 흘리고 있었다. 다른 사람은 안 우는데 감수성이 풍부한 여진이와 아줌마인 내가 뜨거운 눈물을 쏟아내고 있었다.

　집에 돌아와서 남편 야간근무 출근 전에 빨래를 개고 있었다. 어머니가 둘째 목욕 시켜 주신다고 집으로 오셨는데 침대 밑에 방수 매트를 깔지 않아 기저귀를 갈다가 이불이 젖었다. 남편은 출근 시간이 임박하였는데도 젖은 침대 시트를 갈아주고 가려고 분주했다. 빨래 개는데 남편이 틀어둔 음악 소리가 들려왔다. 가수 장혜진, 김민우가 부른 '술이 문제야'라는 노래였다. 아무 이유 없이 극장에서 흘렸던 뜨거운 것이 뺨을 타고 흘러내렸다. 남편이 예빈이에게 말한다. "너희 엄마 왜 저러니?" 나는 노래가 슬프다며 티슈 한 장 빼 달라고 부탁했다.

　빨래 개는데 남편 속옷 중에 한 개가 윗부분이 약간 떨어졌다. 이런 대화가 오고 갔다.

　"여보 이거 떨어졌네, 버릴게."

"나 뭐"

"왜?"

"그만큼 떨어진 거 버리면 지금 입고 있는 거 다 버려야 해."

"왜 그렇게 사는데.....?"

조금 전까지 음악 들으면서 기분 좋게 뺨에서 흘리던 눈물이 홍수로 변했다. 내 가족도 똑바로 못 챙기는 사람이 누구를 챙기겠냐는 생각이 든 것이다.

'다른 사람의 목표달성을 돕는 사람'에서 '나부터 잘하자'로 바뀐 철학

글 쓰는 경찰 동료와 매일 글을 쓰면서 동료의 목표달성을 돕겠다는 거창한 목표가 생겼었다. 돕는 명목으로 한국코치협회의 코칭을 배웠다. KAC 자격증을 몇 달간 준비해서 취득하면서 깨달은 것은 코치는 답을 찾아주는 사람이 아니라 상대방이 스스로 답을 찾을 수 있도록 질문하고 격려해주고 지지와 공감해주는 파트너라는 사실이다. 큰 깨달음이었다.

캘리 최의 〈파리에서 도시락을 파는 여자〉를 읽고 있는데 지인의 동생이나 사촌 동생을 데려다 일을 시킨 내용을 읽었다. 어쩌면 동료의 목표달성을 돕겠다는 나의 목표도 누군가를 바꿀 수 있다는 오만함 때문이었던 게 아닐까? 캘리 최의 글을 읽으며 오만한 내가 보였다. 지금은 경제적으로나 시간적으로나 자유롭지 못하지만 시간이 지나서 마흔, 쉰이 되었을 때 친척을 도울 수 있는 위치, 주변 사람을 도울 수 있는 위치에 있었으면 좋겠다는 생각이 들었다. 10년, 20년 내에 자유로워지려면 나부터 성장해야 했다. 나부터 잘해야 했다. 오지랖 넓게 누군가를 돕는다는 생각보다는 나부터 하나라도 잘 배우고 익히는 것이 우선이라는 생각으로 바뀌었다. 뒤늦게 찾아온 깨달음 덕분에 계획을 전면 수정해야 했다. 괜찮다. 완벽한 계획이란 수정 불가한 것이 아닌 계속된 수정에 걸쳐 탄생한 계획이기 때문이다.

간절함이 모든 것을 결정한다

내 안에는 항상 간절함이 있었다. 둘째 낳고 점점 시간이 부족해서 하고 싶은 것을 못 해 허덕이는 나의모습을 발견하고 가슴 안에 있는 간절함의 실체를 알게 되었다. 무언가 미치도록 하고 싶은 마음의 욕구, 그것이 간절함이 아닐까? 시간은 많은데 실천하지 않는 사람과 시간은 없는데 실천하고 싶은 사람 중에 어느 삶이 나을까? 전자는 10대의 내 모습이고, 후자는 삼십 대 중반인 지금의 나의 모습이다. 10대와 30대. 단 한 가지 차이점은 간절함뿐이다.

아이를 키우면서 내 행복을 꾸려가기 위해 글을 쓰고 책 읽는다. 더 쓰고 읽고 싶은데 보채는 아이를 안고서 발가락으로 책장을 넘기고 양반다리 해서 아이를 무릎 앉히고 베게 둘을 앞쪽에 쌓아서 그 위에 노트북을 올려둔 채 글 쓴다. 아이 자세는 괜찮다. 글 쓰는 나만 불편하다. 그래도 그 자세로 쓴다. 너무 쓰고 싶을 때 불편한 자세를 감수하고서도 쓰는 이유는 내가 행복하기 때문이다. 주어진 하루 4개의 시간 영역에서 균형을 떠올린다. 아이와 함께하는 시간을 고려해서 일과를 계획한다. 더 나은 안이 나오면 실천해본다 계획은 매번 수정한다. 확인이 필요하다. 간절함만 있으면 모든 건 해결된다.

정승같이 배워서 남 주자. 학식 있는 교양인의 삶을 살고자 한다. 르네상스 맨 황미옥, 바로 내가 원하는 삶이다.

04

성장할 수 있다면

경찰 동료와 영어 프로젝트를 시작했다. 영어를 잘하고 싶지만, 영어책 한 권 외워본 사람이 없었다. 처음 시작할 때는 총 7명이었다. 하고자 하는 의지가 꺾여서 지금은 3명이 같이 하고 있다. 처음에는 음성파일을 듣고 받아쓰기를 한다. 일주일에 강의 하나를 듣는다. 모르는 단어는 사전을 찾아봐서 익힌 다음 전체 내용을 암기한다. 억양, 추임새, 속도 똑같이 따라 한다. 영어로 일기도 매일 쓴다.

영어를 공부하기로한 이유는 영어가 되면 일상에서의 삶이 편리해지기 때문이다. 외국인을 만나도 대화 할 수 있다. 해외여행을 가도 마찬가지다. 통역 봉사자로도 활동할 수 있다. 가지고 있는 재능과 시간만으로 다른 사람을 도울 수 있게 된다. 같이 영어 공부하는 동료는 지구대에서 외국인과 의사소통을 자연스럽게 하는 것이 목표이다. 유튜브나 영화를 자막 없이 듣고 이해하는 것도 가능해진다. 우리 교재는 'Diary of Wimpy Kid'이다. 강의는 한형민 어학원의

SO 2.0 듣는다. 풀이가 잘 되어 있다. 미국 초등학생이 사용하는 표현이 담긴 책이다. 이 정도만 말할 수 있어도 성장할 수 있다. 매일 카톡으로 공부한 것을 공유하면서 하루를 보내는 경찰관 3명은 지구대를 방문하는 외국인과 소통하며 어제보다 성장한 영어 실력을 꿈꾼다.

#키워드로 자기소개

저는 ( )에 열정을 느끼고 (   )을 소중하게 생각하며 (   ) 없이는 못사는 (   )입니다.

작년에 울산에 위치한 커뮤니티 모임에 참석한 적이 있었다. 기아자동차에서 19년간 판매왕을 한 정성만 부장님이 이끄는 모임이었다. 그를 판매왕에 올려준 플래너를 구입하였기에 사용 방법이 궁금하여 찾아갔다. 부산에서 울산까지 난생처음 자가운전해서 가는 장거리 운전이라 긴장도 되었다. 모임 중간에 종이를 나눠주고 빈칸을 채우라고 했다. 다 적었으면 종이를 들고 돌아다니면서 한 명씩 자기소개를 하라고 했다. 쑥스러워하는 나와 달리, 다른 참가자들은 자신감 있게 술술 내뱉는 게 아닌가? 이전부터 모임에 참석했던 사람들은 매번 자기소개를 해왔기에 익숙한 모양이었다.

모임이 끝나고 정성만 부장님이 운영하는 단톡방에서 매일 새벽에 기상하면 새로운 키워드로 나를 소개하며 하루를 열었다. 매일 문구를 바꿔가며 그날그날 새롭게 나를 정의하며 하루를 시작했다. 어느 날은 빈칸이 그릿, 혼자만의 시간, 독서와 글쓰기, 글장이 황미옥으로 채워졌다. 매일 나를 찾는 작업은 재미도 있었고 흥미로웠다. 더군다나 단톡방에서 사람들과 같이하다 보니 신이 났다. 100일 미션이 끝나고 나의 특별요청으로 인해 임신 중임에도 더 했던 기억이 난다. 지금, 이 순간 문구를 보고 있으면 다른 문구가 떠오른다. 생각이 바뀌면서 관심사가 바뀌었다. 목표도 수정되었다. 한 개의 단어만 넣을 수 있다면 '글쓰기'라고 쓰고 싶다.

〈라라와 움직이는 비밀의 숲〉 영화를 시청하고 알록달록한 일기장을 샀다. 노트에는 이미지도 담겨있고, 고민한 흔적들이 곳곳에 있다. 이번에는 영화에서 본 것처럼 유고 엄마의 일기장 역할도 추가해야겠다는 생각이 들었다. 유고가 엄마의 일기장을 가지고 엄마를 찾아 나서는 장면이 나온다. 엄마가 연구한 것들이 담겨있는 일기장을 보고 유고는 어떤 마음이 들었을까? 배우고 깨달은 것을 기록해두었을 때 내 생각이 자녀에게 전해진다면 어떨까 상상하니 행복감이 밀려왔다.

생각을 이어가는 것은 무엇을 의미할까? 집에 붙여둔 코팅 종이가 떠올랐다. Order of visualization. 〈Your Invisible Power〉의 저자 Genevieve Behrend가 쓴 글이다. 원하는 것을 이미지로 그리는 연습을 하면 생각과 원하는 것이 순서를 찾는다는 말이 담긴 책이다. 이미지를 떠올리면 순서가 생긴다는 말이 인상적이었다. 화장실 벽에 붙여둔 이유는 글자를 읽어도 이해가 잘 안 되었기 때문이다. 오랫동안 반복해서 읽으면서 점차 이해되기 시작했다. 이미지의 순서는 내가 원하는 것을 떠올리는 순서였다. 떠올릴 힘부터 생겨야 했다. 원하는 것을 모를 땐, 머릿속으로조차 떠올릴 수 없었다. 원하는 것들이 자연스럽게 떠오르자, 순서가 생겼다. 순서가 생기자 조급함이 덜해졌다. 글쓰기라는 이미지를 떠올리면 평온하게 글 쓰는 내 모습이 보인다. 서점에서 내 책을 읽고 있는 독자, 강연장에서 열정적으로 강연하는 나의 모습, 그리고 내 말에 귀 기울여 주는 독자가 보인다. 원하는 것을 이미지로 승화시키며 조금씩 성장하고 있었다.

가장 중요한 것은 어제보다 성장한 미옥이 되는 것이다. 이렇게 마음먹은 지 몇 년 안 되었다. 제삼자가 되어 자신을 돌아보는 작업은 쉽지 않았다. 예전에 나는 다른 사람과 경쟁한 적이 있다. 상사에게 칭찬받기 위해서 일하는 모습이 보였다. 앞으로는 타인의 칭찬을 위해서가 아니라 스스로 세운 목표를 성 취하며 살겠다며 관광경찰대를 나왔다. 그 이후로 매년 11월이면 탄탄한 연간계획부터 세운다. 성장하고 싶다. 타인의 칭찬이 아닌 스스로 세운 목표를 향해서 걸어가는 것이 즐겁다.

아침 독서 10분. 아침 운동 10분. 아침루틴은 이것으로 충분하다. 너무 많은 것을 하고자 하는 욕심은 결국 아무것도 하지 못하게 한다는 사실을 여러 번 경험했다. 무리하게 잡은 계획은 한 가지도 제대로 못 하게 만든다.

지금의 내 모습은 10분씩 시작한 것에서 만들어졌다. 첫째를 출산하고 예전의 모습으로 돌아가고 싶었을 때도 집에서 시작한 운동 10분으로 모든 것은 변화했다. 우연히 후배와 근무복을 입고 사진을 찍었는데 사진 속 모습은 낯선 뚱뚱한 아줌마였다. 바쁘다는 핑계로 미루던 운동을 10분씩 시작했다. 신기한 건 10분씩 매일 움직이니 더 운동하고 싶은 욕구가 생겼다. PT를 알아봤고 주 3회까지 받을 수 있도록 결재했다. 두 달 플라잉 요가와 필라테스를 병행해서 몸을 만들었다. 저녁 6시 이후는 금식하면서 식단조절도 했다. 2달이 지난 후 몸을 만들어서 프로필 사진을 찍겠다고 코치에게 말했다. 결국 목표를 이루었다. 〈나는 오늘도 제복을 입는다〉 책 표지 사진으로 그때 찍은 사진을 넣었다. 하루 10분 운동이 프로필 촬영까지 이루게 해준 셈이다.

하루 10분 독서. 직장 다니면서 출근 전에 읽기 시작한 10분 독서가 나를 작가로 만들어주었다. 10분이 한 시간으로 늘어났다. 계속 책을 읽으면서 글을 쓰고 싶다는 욕구가 찾아왔고 혼자서 글을 쓰다가 〈강한 독서〉의 저자 이은대 작가님의 자이언트 스쿨 작가

수업을 알게 되어 매년 책을 출간하는 글 쓰는 경찰의 삶을 살고 있다. 처음부터 한 시간, 두 시간 쓰겠다고 욕심 부렸다면 어쩌면 작가가 되지 못했을 것 같다. 너무 거창하게 목표를 잡아서 지레 포기했을 테니까.

황미옥의 인생에서 중요한 키워드 중 하나는 성장이다. 배우고 나누는 것은 가장 중요한 일이다. 외적으로 몸도 가꿔야 하지만 내적 마인드 훈련을 더 중요하게 생각한다. 책과 글쓰기는 마음 훈련에 적합하다. 오직 어제의 나와 경쟁한다. 다른 작가들, 동료 경찰관들은 경쟁상대가 아니다.라 함께 이 길을 걸어가는 소중한 사람들이다.

지금보다 따뜻한 삶을 원한다. 그러기 위해서는 자신의 성장이 우선이라고 믿는다. 때가 되면 베풀 때가 오리라 믿는다. 나보다 앞서간 사람이 쓴 글을 읽으면서, 모르는 분야의 새로운 것을 익혀가면서 나를 가꾸어간다. 책을 읽을 때 그냥 읽는 것과 눈과 마음 그리고 머리를 일치시키면서 읽을 때와는 차원이 다르다. 먼 미래보다 가까운 미래에서 다시 만나기를 바라며. 오직 미래의 나를 만나기 위해서 오늘도 열심히 배우고 익힌다. 성장할 수만 있다면 기꺼이 시간을 투자하고 싶다.

05

부동심 훈련

첫째만 키울 때는 몰랐다. 또 다른 육아 세계가 있다는 사실을. 아이들이 일어나는 순간부터 첫째가 유치원 가기 전 두 시간은 전쟁터가 다름없다. 깨워서 씻기고 먹이고 입히는 일이 단순하지만, 시간이 좀 오래 걸려도 식탁에서 눈 마주하고 앉아서 밥을 먹고 있다. 밥 먹으면서 티브이 보고 싶은 마음 이해는 간다. 엄마인 나도 책 읽을 때 한 권의 책을 끝까지 보지 않고 다른 책을 보고 싶은 욕구가 있다. 뭔가 하나를 배우다가도 마무리하기 전에 또 다른 것이 눈에 들어올 때도 있다. 하나에 집중해서 마무리 짓는 힘이 필요하다. 한 가지에 몰입할 때의 느낌이 어떤 것인지 아이에게 알려주고 싶었다.

유치원 버스에 아이를 태워 보내고 외출 준비를 했는데 시간이 빠듯했다. 가까운 거리여서 택시 안에서 할 것을 미리 가방에 챙겨 택시를 탔다. 단 5분, 10분이라도 시간을 허투루 쓰지 않는 성격 때문이다. 책 집필 중이라 에피소드를 쓰려고 종이를 꺼냈는데 기사님이 다짜고짜 질문을 하셨다.

"전세든 사람이 개월 수 안 채워서 나가는데 부동산소개비를 내야 할까요?"

택시 안에서 할 것을 준비해갔는데 갑자기 돌발 질문으로 말문이 막혔다. 말투도 정중하지 않아 짧은 몇 초 동안 고민이 되었다. 퉁명스럽게 대답하면 말하고 난 다음에 마음이 편치 않을 것이고, 대화를 이어가면 택시 타고 갈 때 하려고 했던 에피소드는 못 적게 된다. 어차피 못하게 된 거 마음 편하게 가자고 마음을 바꿔 먹었다. 의견을 말하고 몇 차례 대화가 더 이어지자 목적지에 도착했다. 웃으면서 내렸다. 상대방에 대한 배려는 상대방이 내민 손을 잡아주는 것이 아닐까?

〈알라딘〉 영화를 보면 여주인공이 노래 부르는 장면이 많다. 특히 'Speechless' 노래가 나올 때 한 가지 스치는 생각이 있었다. 한 곡의 음악, 한 명의 친구, 한 편의 영화, 한 권의 책, 한 가지 신념, 한 가지 목표. 오직 한 가지만 가질 수 있다면 명확하게 가려낼 수 있을까? 어쩌면 인생은 살면서 여러 가지 경험과 체험을 하면서 자신만의 한 가지를 찾는 여정이 아닐까 하는 생각이 들었다. 만약 나만의 유일한 한 가지를 찾는다면 이것저것 하고 싶은 욕구도 줄어들지 않을까? 한참 동안 생각에 잠겼다.

영어 잘하는 인터네셔널 코미디언이 되는 것이 꿈이라고 말하는 개그맨 김영철씨의 토크쇼에 다녀왔다. 나와 딱 10년 나이 차이가 난다. 10년 후의 모습을 자주 그리곤 하는데 김영철 씨가 풀어놓은 이야기는 10가지 풍광을 그리는 데 도움이 되었다.

김영철 씨는 호주에서 주최하는 코미디언 선발 무대에 섰다. 단 6분이라는 시간이 주어졌다. 영어로 웃겨야 했다. 2003년 9월 1일부터 시작해서 16년 동안 영어 공부를 했다고 했다. 그리고는 마침내 꿈을 이루었다. 혹시 무대에 서서 안 웃기면 어쩌지 고민했는데 그의 꿈이 해외 무대에 서는 것이지 웃기기까지 하는 것은 아님을 깨닫고 마음을 비울 수 있었다고 했다.

새로운 꿈을 꾸는 김영철 씨를 보면서 경찰이 되어서도 더 높은 꿈을 꾸는 내 모습이 떠올랐다. 경찰이 된지 7년이 되었을 때부터 글쓰기를 만나 작가의 삶을 살고 있다. 작가로 사는 것과 베스트셀러 작가로 사는 것이 무슨 차이가 있을까? 내 꿈은 애초에 평생토록 글을 쓰는 것이지 돈 많이 벌어서 유명한 작가가 되는 것이 아니었다. 그런데도 베스트셀러 작가라는 말을 들으면 마음이 요동치는 이유는 뭘까? 왜 남들 따라가려는 욕구가 생기는 것일까? 온전한 나를 찾지 못했기 때문이 아닐까?

글을 쓰다 보면 결국엔 본래의 내가 원하는 모습을 찾는다. 이것이 계속 글을 써야 하는 이유이지 않을까? 본연의 모습을 잃지 않기 위해, 방향성을 잃지 않기 위해 나는 매일 글을 쓴다. 물론 셀프 마케팅은 필요하겠지만 책이 잘 팔리는 것은 그에 따라오는 행운이다. 단 한 사람을 위한 삶의 변화를 위해 글쓰기를 시작했던 초심을 잊어버리지 않기 위해서 나는 오늘도 계속 글을 쓴다.

결혼 2년차부터 남편이 돈 관리를 한다. 경제에 관심을 가지게 된 건 불과 얼마 되지 않았다. 재테크와 자신의 재능을 갈고닦는 인테크. 두 개를 현명하게 활용할 수 있는 방법은 없을까. 가수 현영은 10여 년 전 방송에 자주 출연할 때 수입의 90%까지 저축한다는 얘기를 들었다. 그게 가능할까? 얼마 전까지만 하더라도 나는 신용카드를 썼다. 저축은 했지만, 지출이 많았던 이유는 신용카드 때문이었다. 바로 현금으로 나가지 않다 보니 생각 없이 썼다. 이제는 교통카드 말고 신용카드는 일절 사용하지 않는다. 예전보다 지출은 조금 줄었다. 저축을 늘려야 하는데 아이 둘을 키우다 보니 그것이 쉽지 않다.

올해가 결혼 10년 차인데 용돈으로 받는 2~30만 원 정도는 항상 배우는 데 사용했다. 자신의 가치를 높이기 위해서 활용했다. 20대부터 해왔으니 벌써 10년째다. 만약 경찰관으로 근무하면서 승진 공부에만 매진했더라면 지금쯤 한두 계급 올라가 있을지도 모른다.

대신 남들과 다른 길을 선택했다. 학위취득을 위한 공부가 아니라 내 가슴을 뛰게 만드는 것을 배우고 거기에 도전했다. 독서도 몇 년간 읽을 때는 몰랐다. 10년 가까이 되어가니 내공이 쌓였는지 혼자서 책 읽는 방법도 생기고 여러 권의 책을 융합하고 생각하는 힘도 생겼다. 경찰 넘어 새로운 꿈에 도전해왔기에 작가와 강사의 삶까지 경험해 볼 수 있었다. 자신에게 투자하는 것만큼 좋은 투자는 없다는 사실을 실천하면서 깨달았다.

개그맨 김영철 씨의 특강을 듣고 집으로 와서 남편에게 브리핑해 주었다. 항상 듣고 배운 것 중에서 와닿는 것은 말로 내뱉는 습관이 있다. 남편과 10년 같이 살았으니 남편은 황미옥 대학을 두 번은 더 졸업한 셈이다. 항상 새로운 것에 도전할 때마다 최고가 되어야 한다고 생각했다. 글을 쓰는 것도 잘하고 싶고 살림도, 요리도 잘하고 싶은 욕심으로 가득했다. 주부로 산지이제 겨우 50일 넘었는데 스트레스받는 나 자신을 여러 번 발견했다. 요리 안 하던 사람이 하루아침에 마음만 먹는다고 해서 잘 되는 것이 이상한 건데도 100점이라는 목표를 가지고 전진하고 있었다.

김영철 씨가 책에서 발견한 좋은 문구를 특강에서 알려주었다.

"자신이 하는 일에 지금의 에너지를 70%만 사용하세요."

애가 "엄마 밥 챙겨줘." 라고 말하면 "네가 챙겨 먹어."라고 말할 수 있어야 한다고 했다. 야구 선수 류현진 씨도 어깨에 힘을 빼기 위해서 70%만 힘을 사용해서 던진다고 했다. 엄마 100점, 작가 100점이 되려는 생각을 내려놓아야겠다는 깨달음이 찾아왔다. 남편도 동의했다. 중간이상만 하면 된다며 다독여 주었다.

〈강한 독서〉의 저자 이은대 작가는 작가 수업에서 부담을 덜어 주기 위해 늘 초고는 쓰레기라고 생각하며 쓰라고 강조했다. 쓴 것을 고치는 작업이 더 중요하다고 했다. 초고는 그렇게 써왔으면서 인생의 다른 면들은 왜 어깨에 힘을 주고 살았던 걸까? 김영철 씨는 개그맨 17년 차가 넘어서야 깨달았다고 했는데 나는 경찰 12년 차에 어렴풋이 깨달았으니 다행이라는 생각이 들었다. 살다 보면 어느 순간 어깨에 힘이 들어갈 때 '70점만 하자!'라는 마인드로 다시 힘을 빼게 해주겠지. 잊지 않기 위해서는 잘 보이는 곳에 붙여두는 게 상책이다.

"70점만 하자!"

냉장고에 붙여두었다.

〈아트스트웨이〉라는 책을 읽었을 때 매주 미션을 실천했다. 몇 주차인지 기억은 나지 않지만, 한 가지에 집착하면 한 개를 잃을 수 있다는 것을 배웠다.

농구선수 마이클 조던은 한 참 잘 나갈 때 야구 선수로 활동했던 적이 있다. 다시 야구를 접고 농구로 돌아왔을 때 농구가 아닌 야구를 해봤기에 농구의 소중함을 알게 된 것이라고 했다. 만약 독서를 중단시켜보지 않았더라면 글쓰기의 소중함을 잘 몰랐을 것이다. 독서의 방향도 없이 그냥 책 읽는 것이 좋아서 시간 가는 줄도 모르고 책만 잡고 살았을 테니까. 오랫동안 해온 것이 있다면 중단했을 때 진정한 가치를 발견할 수 있다는 사실을 알게 되었다.

종이 위에서 VS 머릿속에서

머릿속 생각은 항상 바쁘게 움직인다. 무언가 하다가도 떠오르는 것이 있으면 종이를 찾는다. 적어두지 않으면 찝찝함이 생긴다. 시간이 지난 후에 기억이 나지 않는다. 설거지하다가, 화장실에서, 손빨래하다가, 청소하다가, 운동하다가, 아이를 돌보다가, 티브이를 보다가 갑자기 떠오른다. 치과 예약 같은 단순한 것에서부터 책을 읽다가 떠오른 아이디어가 있을 때는 노트를 펼친다. 예전에는 독서 필기는 노트 오른쪽에 하고 왼쪽에는 생각을 적었는데 지금은 왼쪽을 비워두지 않고 같은 장에 생각도 표시해둔다.

〈파리에서 도시락 파는 여자〉 캘리 최는 초밥 만드는 법을 배우기 위해서 가장 실력 있는 야마모토 선생을 찾아갔다. 3번을 찾아가서 각종 비결을 전수받고 레시피 개발까지 도움을 받았다. 멘토에게 들이대면서 멘토링을 받은 효과였다. 경찰이 되고 싶어 하는 후배들에게 멘토링 해주고 후배의 성장에 적극적으로 힘써야겠다고 종이에 적었다.

머릿속으로만 생각할 때와는 달리 글자가 눈으로 보이니 내가 이루어야만 하는 목표라며 다시금 다짐하는 계기가 되었다. 힘이 생겼다. 노트에 적힌 글이 산만한 머릿속 생각들을 잘 정리해 주었다.

생각을 잘하기 위해서 적는다. 무언가를 이루는 사람과 꿈만 꾸는 사람의 차이가 무엇일까? 쓰고 생각하고 실천하는 삼박자가 필요하다. 10대에는 꿈조차 꾸지 못했다. 주어진 하루를 그냥 보냈다. 쓰고 실천하기는커녕 생각하기조차 귀찮았다. 하고 싶고 되고 싶은 것이 없었다.

경찰이라는 목표를 정하고 나서부터는 목표에 초점을 맞추니 자연스럽게 하루를 아껴 쓰게 되었다. 하루에 해야 할 일을 적으면 체크하기도 쉽다. 쓰는 행위에는 생각하게 하는 힘이 있다. 다음 주 일정도 자연스럽게 머리로 구상하면서 종이에 썼다. 무한 반복되는 지겨운 싸움에서 이기는 길은 삼박자를 해내는 것이다. 3년 가까운 수험생활을 하는 동안 끝없이 쓰고 생각하고 실천하면서 공부량을 정했다. 필기시험 합격 이후의 과정도 역시 똑같았다.

글 쓰는 경찰 동료 중에서 한 분이 내가 너무 계획쟁이라는 글을 적었다. 너무 지나치게 계획을 세워서 실천한다는 말로 느껴졌다. 오랫동안 생각에 잠겼다. 왜 계획을 매번 짜는 걸까? 계획 안 짜고 살 수는 없나? 문득 계획 없이 살던 어린 시절이 떠올랐다. 완전히 다른 삶이었다. 그때로 돌아가고 싶지 않았다. 에너지라고는 찾아볼 수 없는, 늘 입꼬리가 처진 삶이었다. 동료의 글로 인해 계획쟁이의 삶을 충분히 생각해보는 시간을 가졌다.

지난 2~3년간 그 어느 때보다 치열하게 살았다. 스스로 정한 목표를 향해 하루를 야무지게 살아냈다. 시간에서 출발하는 일상은 새롭지 않다. 한 권의 책을 읽어도 일주일 안에 다 읽기 위해서 철저하게 실천했다. 총 페이지 수에서 읽으려는 날수를 나눈다. 일주일에 두 권 읽는 게 목표다. 총 페이지수가 250페이지인 책을 삼 일 안에 읽으려면 나에게 몇 시간이 필요할까? 한 시간에 대략 40장 정도 읽으니까 하루 2시간 책을 읽는다고 치면 하루에 80장이다. 3일이면 240장이다. 마지막 하루는 10장 더 읽으면 삼일 안에 한 권에 책을 끝낸다. 막연하게 '오늘 독서하기'라고 적어두면 실천할 확률이 낮다. 읽을 책 제목과 장수를 꼭 기재하고 새벽에 단 10분이라도 책을 읽은 날은 그날 중에 기록한 장수를 실천할 확률이 높아졌다. 나만의 비법은 무조건 수치화하는 것이다. 눈에 확확 들어온다. 꼭 해야 한다는 자극도 된다. 나는 계획쟁이임에 틀림없다. 종이에 쓰고 실천하는 특별한 계획쟁이다.

하기로 했던 계획이 틀리면 포기하기보다 수정한다. 8월에 초고를 끝내고 9월부터 한국사 공부를 시작하기로 했다. 머릿속으로 생각할 때는 최대한 빨리 초고를 끝내자는 생각이 가득했다. 종이에 적었다. 하루에 한 꼭지씩 요일별로 적어보니 머리로만 생각할 때와는 달리 초고를 끝낼 정확한 날짜가 보였다. 일주일이 더 필요했다. 한국사 공부도 어떻게 해야 할지 일단 원하는 모습을 그렸다. 목표는 고급 1급 합격이었다. 목표를 적고 인터넷 검색부터 시작했다. 한국사 유명 강사로는 설민석과 최태성이 있었다. 한 명은 유료 강의인데 합격하면 100% 환급해준다는 이벤트가 있고, 한 명의 강의는 유튜브에서 무료였다. 어느 사람의 강의가 나와 맞는지 맛보기 강의를 들어보고 선택했다. 마지막으로 책 주문까지 하면서 한국사 공부 준비를 마쳤다.

매일 아침 외치는 문구가 있다.

"57kg 체지방율 20% 건강한 몸짱 체력짱 황미옥이다."

매일 거울 속에 비친 낯선 아줌마의 모습을 마주한다. 말로만 머릿속으로만 매번 100일 안에 살을 빼야 한다고 말했다. 하지만 먹는 것도 점점 늘고 있었고 빵이나 간식을 챙겨 먹기 시작하면서 다시 살이 오르고 있었다. 산욕기 6주부터 표를 하나 만들었다. 아침 공복 몸무게 측정부터 무엇을 먹었는지, 어떤 운동을 했는지, 자기 암시까지 모두 디테일하게 적었다. 적지 않으면 피곤하니까 운동을 하지 않았다. 아이 핑계는 하지 말아야 한다.

첫 주는 실적이 저조했다. 일주일 5회 50분 걷기와 스트레칭 주 3회 15분, 코어 호흡 100번 매일 하는 것 중에서 걷는 것조차 하지 않고 있었다. 첫째가 유치원 간 사이 운동을 해야 하는데 50일 된 둘째를 안고 운동하기는 무리라고 생각하다 보니 미루게 되었다. 산욕기 7주 차에 러닝머신을 사용해도 되는지 심각하게 고민하기 시작했다. 검색을 해보니 의견도 반반이었다. 일주일에 5회씩 걷기 위해서는 러닝머신을 사용해야만 했다. 둘째가 자는 시간에 하기로 정했는데 연달아 50분은 무리였다. 중간에 애아이가 자주 깨서 울었다. 하지만 건강 스케줄표를 채워 넣기 위해서 20분씩 쪼개서 러닝머신 위에서 천천히 걷고 있는 모습을 발견했다.

늘 생각한 것을 종이에 구체화 시킨다. 머릿속에 가장 많이 떠다니는 생각은 '2020년 8월 원하는 모습'과 '2021년 11월 원하는 모습'이다. 2년 내, 이사와 승진을 앞두고 있기에일상에 많은 변화가 생길 것이다. 남편은 15년 만에, 나는 14년 만에 간부로 승진한다. 경찰서를 다른 곳으로 옮겨야 하고, 같은 해에 이사도 가야 한다. 게다가 이사 간 그다음 해에 첫째가 초등학교 가는 시기라 고민이 많다.

아이를 생각하면 이사를 안 가는 게 맞는데 그래도 이사해서 잘하면 되지 않겠냐며 본 마음으로 다시 돌아온다. 머릿속으로 생각하면 하루에도 수천만 번 마음이 바뀐다. 그래서 종이에 적어봤다.

'2021년 원하는 아이들의 모습'

공부 잘하는 아이들이 아닌, 자유롭게 뛰어 놀고 엄마 아빠와 한국어, 영어로 소통하는 모습이라고 말하고 있었다. 남편은 아이들에게 공부시키는 것보다 언어를 한두 개 잘했으면 한다고 했다. 학원에 보내기보다 엄마인 나와 매일 일정 시간을 외국어 학습하며 보낸다. 이사 간다고 해서 아이가 변하는 것은 아니다. 아이들의 '끝 그림'부터 정하고 나니 마음이 한결 편안해졌다. 끝 그림도 중요하지만 큰 그림이 중요하다. 큰 그림을 그리기 위해 둘째 예설이 분유 먹이고 트림시킬 때면 유튜브에서 'The magic of thinking big' 오디오 파일을 듣는다.

종이 위에 매일 쓰는 두 가지가 더 있다. 감사일지와 피드백 일지다. 하루를 돌아보는 작업은 귀찮고 번거롭지만 어제보다 나은 삶을 살기 위해서는 필수적인 작업이다. 매일 카카오스토리에 하루에 감사한 것 두세 가지를 적는다. 몇 분밖에 소요되지 않지만, 나의 에너지를 긍정 주파수로 잡는 데 큰 역할을 해준다. 사물을 보는 관점이 감사로 바뀌면서 짜증과 화내는 빈도수가 줄었다. 아예 화를 안 낸다고 말할 수는 없지만 준 것은 확실하다.

후배 두 명과 피드백일지를 몇 달간 실천한 적이 있었다. 매일 자기 전에 시간을 기록한 스케줄 표와 함께 스스로 정한 일정을 실행했는지 안 했는지 확인하는 단순한 작업이었다. 매일 밴드에 글을 올리는 행위가 다음날 자연스럽게 이어지는 것을 목격했다. 에너지가 넘쳤다. 그런데 승진시험이 끝나자 피드백 일지 작성은 흐지부지되었다. 문제가 무엇이었을까. 간절함이었다. 간절한 목표가 사라지자 하루를 설계하는 일은 하지 않아도 되는 일로 여겨지게 된 것이었다. 결국, 혼자서만 하게 되었다. 하나의 간절한 목표를 이루었다면 그 다음 목표도 필요한 이유이다.

나는 종이 위에서 생각한다. 생각이 변하면 종이 위에서 고친다. 생각을 마치면 실천한다. 단순하지만 삶에 가장 중요한 요소다. 나는 나 스스로가 선천적으로 게으르다는 것을 알기 때문에 종이 위에서 계획하지 않으면 흘러가는 대로 하루를 살아갈 것임을 누구보다 잘 알고 있다. 우선순위가 있는 삶은 손맛에서 나온다. 일단 적는다. 원하는 것이 있으면 더욱더 기록한다. 머리와 손을 잘 활용해서 밝은 세상으로 나아가고 있다.

5부

철학이 필요한 시대

너무 빠른 세상

나는 36년을 살았다. 경찰 12년, 엄마 5년, 작가 4년. 바쁘게 살면서도 항상 원하는 것이 무엇인지 끊임없이 물었다. 원하는 것이 없다면 얼마나 하루가 재미없을까? 상상만 해도 즐겁지 않다. 재미를 좇아가면서 늘 행복했던 이유는 나를 지지해주는 따뜻한 가정이 함께 있었기 때문이다. 인정해야 한다. 무엇을 하든 믿어주지만, 아닌 것은 아니라고 따끔하게 말해주는 남편이 있다.

부산에서 초등학교 3학년을 마치고 뉴욕으로 이민을 갔다. 부산에서 뉴욕을 두 번이나 반복해서 왔다 갔다 하다 이제는 다시 부산에서 정착해서 산다. 직업도 생겼고 가정도 가졌다. 누군가의 보살핌을 필요로 하는 존재에서 두 딸과 남편을 챙겨야 하는 어른으로 성장했지만 결단하기 어려운 문제는 항상 생겼다. 매번 상황에 따라서 문제는 바뀐다. 현명한 답을 찾기 위해서는 어떻게 해야 하는 걸까?

지금 최대 고민은 5살이 된 딸아이의 교육 문제이다. 주변을 돌아보면 사교육비가 천차만별이다. 자녀를 어떻게 키우겠다는 나만의 철학이 뚜렷해야 이쪽저쪽 흔들리지 않고 나갈 수 있다. 어떤 엄마가 아이를 미술학원에 보내고, 또 다른 엄마가 태권도를 보낸다고 해서 똑같이 보내는 것만이 최선은 아니다. 아이의 강점을 발견해내어 키워주는 것이 엄마의 역할이라는 것을 개인경영 공부를 하면서 깨달았다.

피터 드러커의 〈자기경영 노트〉를 필사하고 매주 반복해서 한 번씩 읽을 때 자기경영을 제대로 하겠다는 명목으로 학습했다. 개인경영 강의를 한 번 했는데 생각을 정리하고 실천으로 이어질 수 있게 도움이 되었다. 5살 된 첫 딸을 지켜본 결과, 딸은 언어에 관심을 자주 보인다. 완벽해질 때까지 끝까지 해내는 뚝심이 있다. 처음 시도할 때 두려워하는데 엄마와 함께하면 곧잘 따라 했다. 환경을 마련해주는 것이 중요함을 알았다. 책으로 보는 것보다 귀로 들으면서 학습하는 것에 더 관심을 보이는 것을 관찰을 통해서 알게 되었다. 듣기 위주의 홈스쿨링으로 아이와 놀이 위주의 환경을 만들어주면 딸의 교육에 도움이 된다는 결론을 내렸다.

자녀를 키우면서 자녀가 성장하는 동시에 내 나이도 먹는다. 경찰이라는 첫 번째 꿈은 이루었다. 경찰의 길을 걸으면서 여러 가지 무모한 도전이라도 해보고 싶은 심정이다. 꿈 넘어 꿈을 하나씩 실현하면서 행복한 삶을 추구하며 100세까지 나아가야 한다. 36세면 96세까지 6번의 쉼이 있다. 어떤 호흡으로 조절하면서 걸어가야 할까. 종착지인 100세가 되면 어떤 모습을 하고 있을까. 정답은 없지만, 일상에서 가까운 미래부터 죽음에 가까운 먼 미래까지 상상하는 힘은 죽는다는 생각보다 어떻게 하면 삶을 더 윤택하게 해줄 수 있을꺼라 믿는다. 단 10분이라도 멍하니 생각하는 시간을 가진다.

살면서 꼭 변화시키고 싶은 게 하나 있으면 '말'이다. 예쁜 말씨와 아름답고 우아하게 말하고 싶은 욕심이 있다. 마음은 굴뚝같지만 툭툭 내뱉는 습관은 하루아침에 고쳐지지 않았다. WHO AM I 고미숙 고전 평론가의 강의를 듣고 있는데 사람을 죽이는 말과 사람을 살리는 말을 이야기했다. 찔렸다. 이제껏 사람을 죽이는 말을 주로 한 것 같은 느낌이 들어서였다. 특히 가족들에게. 왜 그랬을까 생각해보니 편해서 이해해줄 거로 생각해서 그랬던 거 같다. 생각 없이 한 말이 가족에게 큰 상처가 될 수도 있다고 생각하니 마음이 불편하다.

어제 딸아이의 영어 학습지 체험판을 하고 있는데 잘 따라 하는 예빈이를 보면서 남편에게 이거 할까? 라고 생각 없이 말했다. 남편은 잠시 생각하더니, 이렇게 말했다.

"당신이 책으로 예빈이와 같이하면 안 될까?"

남편의 말보다 잠시 생각하는 텀이 와닿았다. 남편이 나에게 말하기 전에 생각하는 것을 직접 느꼈던 것은 처음이었다. '저렇게 하는 거구나.' 하는 생각이 들었다. 예쁜 말을 사용하려면 참는 연습부터 하는 게 우선이라는 생각이 들었다. 그래! 5초만 참고 말하자.

남편은 올해 마흔이다. 둘째가 한 살이니 20년 후에 성인이 되면 자신은 60살이라며 세월이 너무 빨리 지나간다고 자주 말한다. 남편은 20년 동안 자녀와 함께하는 시간 동안 공부 많이 시킬 생각은 없다고 강조한다. 무엇을 하던 자신이 좋아하는 일을 찾아주는 것이 중요하다고 말한다.

남편은 영어를 잘하고 싶어 한다. 야나두를 구매해서 지구대로 출퇴근할 때 이어폰에을 꽂고 중얼거리며 1년 내내 학습했다. 결국 구매한 금액 전액을 환불 받았다. 언어능력이 자녀에게 길러주고 싶은 중요한 습관으로 자리 잡은 데는 남편 영향이 컸다.

서로의 생각을 이야기하면서 조금씩 맞춰가고 있다. 입 밖으로 내뱉지 않았더라면 같이 살더라도 두 생각을 맞추기 힘들다. 앞으로도 내가 가진 생각을 아낌없이 이야기해 나가려고한다.

교복 입고 학교 다니던 고등학교 시절부터 경찰이 될 거라고 말하고 다녔다. 내가 경찰이라는 꿈을 가지고 있는지 모르고 있는 친구가 없었다. 5년이 걸렸지만, 경찰이 되어 꿈에 그리던 삶을 살고 있다. 중앙경찰학교에서 교육을 받으면서 마음속으로 멋진 경찰이 되겠다고 다짐했다. 그런데 멋진 경찰의 의미가 살면서 점점 바뀌었다. 이제는 혼자서 많은 것을 잘 해내는 경찰보다 후배양성, 재능을 나누는 선배가 되고 싶다. 더 살다 보면 멋진 경찰의 의미가 또 바뀔 수도 있을 것이다. 시대에 맞게 바뀌나가는 게 정답이 아닐까? 꿈 넘어 꿈을 하나씩 이루면서 24년 후에 제복을 벗을 때 후회보다는 감사하는 마음으로 직장생활을 마무리하고 싶을 뿐이다.

경찰 10주년 때 동기 모임을 했다. 내가 가장 나이가 어리다 보니 모임을 주최하게 되었다. 십 년이면 강산도 변한다는데 오랜만에 얼굴들 보니 반가웠다. 자녀가 있는 사람이 대부분이었지만 아직 장가를 안 간 동기도 있었다. 정년까지 24년 남았으니 앞으로 24번 더 보고 나면 자주 못 본다고 생각하니 서운해졌다. 〈백 년을 살아보니〉 저자 김형석 교수는 나이가 들면서 절친 세 명과 자주 만나지 않았던 이유가 자주 보면 정 들어 홀로 남겨질 사람이 힘들어한다는 이유라고 했다. 22명의 동기에게는 아직 시간이 남아 있다. 자주 보면서 정 들어도 될 시간 말이다. 다행이었다.

고미숙 고전 평론가는 몸에는 순환이 필요하다고 했다. 돈 되는 것 말고 돈 안 되는 것이 창조에 도움이 된다고 했다. 몸에 가장 좋은 것이 책 읽고 낭독하는 것이라고 했다. 책 읽는 것처럼 돈 안 되는 일에도 도전한다. 바쁘게 흘러가는 시간을 붙잡는 대신 스스로 결정한 것을 해내는 것에 초점을 맞춘다. 원하는 것을 끊임없이 생각하고 행복과 좌절을 번갈아 가면서 이겨낸다. 흘러가는 세상 속에서 내 생각을 가장 중요하게 여긴다. 바쁘다는 말보다 생각하고 있다는 말을 더 자주 하면서.

02
'나'를 잃어버린 시간들

기상 미션 실천으로 하루를 시작한다. 바인더를 펼쳐서 오늘 할 일 생각하고 기록한다. 우선순위를 설정한다. 글쓰기와 독서, 운동 순으로 할 일을 한다.

기상미션을 실천하는 이유는 아침 시간을 잘 보내기 위해서다. 바쁘지 않지만 중요한 일을 하기 위해서다. 독서, 글쓰기, 운동과 같은 삶에 유익한 것들을 새벽에 조금이라도 하기 위해서이다. 아이 하나만 키울 때는 원하는 시간에 무엇이든 할 일을 할 수 있었다. 둘째가 태어나면서부터는 일상은 조금 달라졌다. 선배 경찰인 마고 선배와 아직 경찰 수험생인 숍이 하루미션을 카톡방에 올린 적이 있었다. 출근 전에, 웬만하면 오전 중에 올려달라고 당부하기도 했다. 둘째를 낳고 특정 시간에 무엇을 하고 싶다고 하더라도 그 시간에 못 하는 것들이 많았다. 아이가 울거나 보채면 하고 있던 일은 접어두어야 했다. 오전 중에 하려고 했던 일을 마치지 못하는 날이 늘어났다. 그제야 하루 미션 실천했던 두 명이 떠올라 미안해졌다. 기상미션을 대신해서 하루 미션이라도 실천하려고 했던 건데 괜한 말을 한 게 아닌가 싶었다.

고민 끝에 기상 미션에서 하루 미션으로 바꾸었다. 일어나면 단톡방에 하루에 할 일을 적어서 몽땅 올린다. 바인더에 시간 표시를 하며 기록하지만 되도록 스트레스 받지 않으려고 한다. 하루 중에 하고자 했던 일을 모두 끝내려고만 노력한다. 어제는 몸살이 나서 시간을 기록하지 않고 한 일만 체크만 할까 살짝 망설여지기도 했다. 무엇을 할 것인지 계획하고 실천했는시 기록하는 단순한 시간 기록 화살표를 표시하는데 하루에 5분도 걸리지 않는다. 그걸 하지 않겠다는 말은 시간을 허투루 쓰겠다는 말밖에 되지 않는다. 완벽하게 되진 않겠지만 포기하고 싶진 않았다. 시간 관리가 잘되지 않아도 버티기 작전이 필요했다.

종일 살림하며 육아만 하면 넋이 없다. 즐거움이 없다. 아이는 예쁘지만, 어제보다 성장한 나의 모습은 점점 사라졌다. 아이가 자면 글을 쓰거나 책을 읽는다. 아이가 울면 안고서라도 한다. 팔 아프지 않냐고 묻는다면 당연히 아프다. 시큰시큰하다. 아파도 재밌는 걸 어떡하겠는가? 즐거움과 아픔 둘 중에서 택해야 한다면 즐거움을 택하겠다고 말하고 싶다. 독서와 글쓰기는 생각에 자극을 준다.

아이디어도 함께 주어 일상에서 선택해야 하는 순간에 힘을 실어준다. 생소한 와인 분야에 대해 공부를 시작할 때도 이 공부를 시작할 것인지 말 것인지 고민할 때 책에서 읽었던 한 줄이 결심에 도움을 주었다.

"생각만 해도 가슴이 뛴다면 도전해볼 이유는 충분하다."

남편이 둘째가 최소 서너 살이 될 때까지 외부강의 들으면서 배우기보다 집에서 혼자 공부해보라고 이야기해주었을 때 와닿는 문구도 있다.

"100권의 책을 읽으면 그 분야 학위를 딴 것과 같다."

올해 어떤 책을 읽을까 고민할 때는 이 문구가 도움을 주었다.

"책을 고르는 것부터 독서의 시작이다."

읽을 100권의 책부터 먼저 선정하는 것이 맞겠다는 결단이 섰다.

도서관 자료 검색 칸에 떠오르는 키워드와 관심 키워드로 검색해보고 읽고 싶은 책이 있는지 찾는다. 아이들 교육을 집에서 어떻게 시킬 것인지 관심이 많다 보니 육아, 유치원, 홈스쿨링, 외국어, 유아와 같은 키워드로 검색하여 알맞은 책 제목을 찾아 빌려오곤 한다. 유튜브 영상을 보면서 알게 된 책도 읽고 싶으면 도서관 자료 검색코너부터 찾아본다.

어제 알게 된 책 〈The power of reading〉은 한국어 〈읽기 혁명〉으로 번역되어 있다. 각종 논문을 소개하며 근거를 뒷받침해 주는 책이다. 언제나 책 읽기가 우선이고 읽는 양이 영향을 미친다는 것이 주요 핵심 내용이다. 영상을 듣는데 아이디어가 떠올랐다. 옆에 종이가 있으면 종이에 적고 없으면 카카오톡 나와 대화하기 창에 떠오른 내용을 기록해둔다. 어제는 종이가 옆에 있어서 노트에 기록했다.

"우리집 서재, 책 읽는 쾌적한 공간으로 만들기"

집에 소장하고 있는 책을 정리 중이다. 읽지 않을 책은 도서관에 기부하거나 버릴 예정이다. 도서관에 전화해보니 출간된 책 5년 이내 것만 받겠다고 한다. 아이들이 서재에 가면 신나게 놀이하고 책 읽는 곳이라는 마인드를 심어주면 좋겠다는 생각이 들었다. 영상을 통해서 얻은 아이디어를 실천할 것만 남았다. 당장 주말에 서재 정리하기를 마치면 된다.

서른 두 살, 결혼 6년 만에 첫 아이를 출산했다. 4년 동안 키웠다. 4년 후에 둘째를 출산했다. 앞으로 4년이 지나면 첫째는 9살이 되고 둘째는 5살이 된다. 아이와 함께하는 8년의 세월은 바로 나의 삼십 대를 뜻한다. 아이들과 함께 지내면서 시간의 소중함을 알게 되었다. 진정 하고 싶은 것이 무엇인지 알게 되었다. 하고 싶어도 하지 못하거나 때를 미루어야 할 때의 심정이 어떤 것인지 알게 되었다. 미치도록 하고 싶을 때는 단 10분이라도 하자는 마인드로 끈을 놓지 않으려고 애썼다. 첫째 유치원 친구 엄마 중에는 집에서 살림하는 엄마들이 대부분이다. 일부는 아이 때문에 일을 그만두었다. 다시 돌아갈 직장이 없다. 어디서 일하면 좋을지 고민하는 것을 자주 본다. 남의 일이 아니었다. 하고 싶은 일을 계속하기 위해서는 마흔이 넘어서도 끊임없이 성장해야 한다.

나를 잃어버린 시간은 아이를 키우는 지금보다 오히려 예전 생활에서 더 많았다. 허투루 보낸 시간은 어마어마하다. 전날의 술자리로 아침 시간을 흘러버린 일이 생각보다 많았다. 퇴근 후 시간도 마찬가지였다. 아이들이 태어나면서 자연스럽게 시간 낭비는 사라지고 그 시간이 육아로 대체되었다. 간절함이 생겼다. 꼭 하고 싶다는 마음가짐은 싱글 때보다 사용 가능한 시간이 적어졌을 때 더 강하게 일어났고 그만큼 나에게 주어진 시간 안에서도 할 일을 해내는 모습을 발견했다.

시간보다 더 중요한 것은 간절함이다. 무언가에 도전할 때 어마어마한 시간 투자도 중요하지만, 그 일을 끝까지 해내야 한다는 마음을 가지는 것을 제일 우선순위로 한다. 아이를 안고서라도 나를 위한 시간을 조금이라도 채워간다.

초등학교 6학년 때 친정엄마가 돌아가시고 나서 검은색 옷만 입었다. 사진에 찍힌 내 표정은 대부분 옷 색깔처럼 어둡다. 입꼬리만 보고 있으면 밑으로 처져 있다. 그 시절 문제점은 하고 싶은 게 없었다는 것이었다. 아무런 의욕도 없었다. 경찰이 되어야겠다는 생각이 자라기 시작하면서 삶은 변하기 시작했다. 빛이 없던 시절에는 빛을 알지 못했다. 빛은 하나의 꿈이었다. 나를 잃어버린 시간이 있었기에 지금의 내가 있는 게 아닐까. 잃는 시간이 있어야 채워지는 시간의 소중함도 안다. 깨달음은 비워졌을 때 찾아올지 채워졌을 때 찾아올지 모르기 때문이다. 온전한 나를 원하기보다 실패해 가더라도 어제보다 나은 미옥이가 되고 싶을 뿐이다.

03
무엇을 위해 살아가는가

　오직 글을 쓰기 위해 산다. 글을 쓰는 것은 삶에 어떤 영향을 미치고 있는 걸까? 하루도 글을 쓰지 않으면 불안할 정도다. 글을 쓰고 나면 만족감도 있지만, 오직 글을 쓰고 있을 때 가장 큰 행복감을 느낀다. 나는 글을 왜 쓰는 것일까? 아무리 생각해봐도 좋아서 쓴다는 것 외에 더 좋은 답은 없어 보인다.

　경찰 동료와 온라인 글쓰기 카페를 운영 중이다. 첫 1년 동안은 매일 새벽에 일어나서 제일 먼저 글을 썼다. 1년이 지나고 패턴을 바꾸면 좋겠다는 생각이 들었다. 일주일에 한 번 동료작가의 글 쓰는 삶이 시작되었다. 스스로 하겠다고 손 든 동료 작가 6명을 뽑았다. 5월 말부터 매주 같은 요일에 글을 쓰고 있다.

　동료들을 지켜보면서 한 가지 의문점이 생겼다. 글쓰기와 멀어졌던 사람도 카페에서 요일별 작가를 하면서 다시 글 쓰는 모습을 보았다. 차이점이 무엇일까? 똑같이 쓰는 글이라도 주체가 되면 책임감이 더 많이 따른다. 무엇보다 글 쓰는 순간을 즐기고 있었다.

온라인 카페에서 독자가 읽어줄 것이라는 기대감도 컸다. 혼자서 1년 동안 글을 써올 때와 달리 동료와 함께 글을 쓰면서 새로운 관점에서 배우게 된다. 함께 가면 멀리 간다는 말이 떠오른다. 끈기 연습은 글쓰기로도 된다는 것을 알아가고 있다.

나는 행복을 위해 산다. 언제 가장 행복할까? 조금 우습지만, 일과를 마치고 침대에 누웠을 때 행복하다. 하루를 알차게 보내고 난 뒤 하루를 떠올리면서 감사한 순간과 마주할 때 마음의 평온이 찾아온다. 아무런 걱정이 없는 상태다. 쉴 수 있는 여유와 일과를 끝낸 가벼움이 공존한다.

가족들의 얼굴에 미소가 떠오를 때 좋다. 나를 향해 웃어줄 때 행복하다. 두 아이와 함께 생활하면서 많은 책임감이 따른다. 식사를 챙겨야 한다. 빨래도 해야 한다. 아이 옷은 손빨래할 게 더 많다. 집도 치워야 한다. 요리도 해야 한다. 매일 반복되는 일상이 가끔 힘들다고 느껴질 때 아이가 나를 향해 씩 웃어주면 피곤함이 싹 씻긴다. 입꼬리 올라간 미소 하나로 피곤했던 마음이 사르르 녹는다. 마법의 힘처럼 어느새 힘든 것도 다 잊고 새로운 힘이 생긴다.

새로운 것에 도전할 때 행복하다. 주변에서 때로는 무모한 도전처럼 보인다고 이야기할지라도 두려운 동시에 설렌다면 반드시 도전한다. 지금의 모습은 매번 새로움을 추구했기 때문에 가능했다. 작은 성공을 해오면서 알게 된 것은 반드시 할 수 있다는 자신감이 무엇보다 중요하다는 것이다. 이 세상에서 가장 중요한 한 가지를 꼽자면 자신감이다. 자신감 하나만으로도 많은 것을 할 수 있다.

친정아버지는 20년 넘게 혼자 사신다. 늘 다 큰 딸 걱정이다. 이 제껏 살면서 아버지랑 단 한 번도 여행을 간 적이 없다. 다가오는 칠순에 남편과 아이들과 함께 가까운 곳에 여행을 다녀올 계획이다. 가족들과 함께할 시간을 계획하고 준비하는 시간만큼 행복한 순간이 있을까?

맛있는 것 먹고 좋은 데 구경하고 공유하는 삶은 누구나 원하는 삶일 것이다. SNS 중에서도 내가 가장 선호하는 채널이 인스타그램 이다. 인스타그램은 간단해서 좋다. 매일 보는 지인이 아니라도 무 엇을 하는지 알 수 있어 좋다.

우리 집 냉장고에 돈 버는 이유에 대한 글귀가 붙어있다. 냉장고 문을 열 때마다 본다. 돈에 대해 지나친 욕심이 생길 때마다 본래의 생각으로 돌아오게 도와주는 문구다.

돈 버는 이유

먹고 마시고 즐기고 싶을 때
먹고 마시고 즐길 수 있기 위해
부자가 되고자 한다.

주변에 아름다운 것들을 두고,

멀리 떨어진 곳에 가보고,

마음을 살찌우고, 지성을 계발하고,

인간을 사랑하고 친절을 베풀어

세상이 진실에 눈뜨는데

기여하기 위해 부자가 되고자 한다.

맛있는 것을 먹고 세상 구경하고 마음을 살찌우고 친절을 베풀면 즐거움이 생긴다. 내가 즐겁다면 그것으로 충분하다.

오프라 윈프리가 출현한 유튜브 영상을 자주 본다. '나는 누구인가?', '내가 원하는 것은 무엇인가?' 질문을 자주 던져야 한다고 했다. 거실 창문에 앤서니 라빈스의 사진과 원하는 것이 무엇인지 묻는 문구를 적어서 걸어두었다. 러닝머신 위에서 걸을 때마다 지금 원하는 것이 무엇인지 묻는다. 걸으면서 원하는 것을 적는다. 삶의 방향성과 일치하는 것들을 발견하면 기존의 계획에 수정한다. 운동하면서 떠오른 생각은 신선하고 가치가 있다.

아침에 글쓰기를 하고 인스타그램에 접속하니 동기 언니가 사진을 올렸다. '너를 위해 새벽 4시 강제기상'이라는 문구가 보였다. 내년 초에 있을 승진시험 준비를 하고 있었다. 원하는 것을 할 때 가장 행복하다는 사실을 증명해준다.

한국코치협회에서 주최하는 코칭 1단계 KAC를 취득했다. 코칭을 배우면 충만한 삶에 대해 깊게 배울 수 있다고 했다. 충만한 삶은 인생의 목적을 정하고 가치를 정한 후, 목적과 가치대로 살아가는 삶을 말했다. 배우지 않았더라도 삶의 가치를 정해볼 순 있다. 여러 가지 항목 중에서 6가지를 골랐다. 사랑, 행복, 새로움, 균형, 나눔, 자신감. 6가지를 떠올리면서 삶이 충만한지 생각해봤다. 뭔가 부족하다는 생각이 들었다. 유명해지는 삶을 떠올렸다. 직장 다닐 때 상사에게 칭찬받기 위해서 다녔던 적도 있었다. 동료들 사이에서 특출나게 잘난 것이 멋져 보일 때도 있었다.

3P 자기경영연구소 강규형 대표님과 1시간 면담할 때 나를 질투하는 동료에 대해 상담한 적이 있었다. 그 직원에게 내가 나눌 수 있는 모든 것을 주라고 하셨다. 오프라 윈프리처럼 'Famous'(유명한)보다 'Service'(봉사)라는 단어를 택하라는 말처럼 들렸다. 강규형 대표님의 조언을 실천해보고 싶었다. 사이가 좋지 않았던 동료의 생일날 작은 선물과 함께 손편지를 써서 주었다. 항상 지지하고 응원하였더니 어느새 반대로 나를 지지해주는 동료가 되어 있었다. 어느 날 책 정리하면서 내 생일날 그 질투했던 동료로부터 받은 손편지를 보게 되었다. 짧은 편지였지만 장점, 칭찬이 가득했다. 유

명해지는 삶보다 베푸는 삶을 사는 것이 맞다는 작은 깨달음이 찾아왔다.

10년 전 신혼여행으로 하와이를 다녀왔다. 경치도 좋았지만, 하와이에서 가장 좋았던 건 평온한 마음이었다. 도로에서 비켜달라는 차 경적소리를 들은 적이 없다. 식물에 물을 주는 사람부터 호텔 직원, 식당에서 일하는 사람까지 모두 여유 있는 모습이었다. 남편에게 나이 들면 하와이에 와서 꼭 살고 싶다는 말까지 했다.

삶의 궁극적 목표는 마음의 평온이 아닐까? 마음이 불편하면 하는 일에 지장을 준다. 가족과 다투거나 직장에서 힘든 일이 생기면 마음이 불편해진다. 모든 일에 다 잘할 수는 없지만 적어도 마음이 불편하지 않게는 할 수 있다. 옳은 선택을 하면 된다.

인생은 케리어와 같지 않을까? 충남 아산에 사는 박선진 작가는 내가 만삭일 때 우리 집에 방문한 적이 있다. 5살 딸아이 선물로 어린이용 케리어를 사주었다. 가족들과 여행 계획이 잡혀있는데 딸은 벌써이 여행가방에 가져갈 짐을 싸두었다. 가방도 잘 보이는 곳에 두고 매일 짐을 확인하고 챙긴다. 설렘 가득 안고 여행 가기 전부터 신나 있었다. 설렘 가득 안고 인생이 어디로 향할지는 모르지만 가보는 것이다. 삶이란 바로 이런 것이 아닐까? 영화의 주인공처럼 말이다.

경찰이라는 첫 번째 직업을 택하고 진정한 나눔이 무엇인지 알게 되었다. 112에 신고하는 사람들을 현장에서 만나고, 경찰서에 찾아오는 민원인을 만나면서 남을 돕는 일이 선한 영향력을 끼친다는 것을 알게 되었다.

인생에 특별한 관심사가 있을 때 즐겁다. 아무것도 하고 싶지 않았을 때는 삶에 대해 깊이 있는 생각도 못 했다. 새로움을 추구하는 삶을 산다. 새로운 생각, 새로운 마음으로 조금씩 전진한다. 마지막 숨을 다하는 날까지 나답게 살고 싶다.

04
생각, 또 생각하기

둘째 딸이 코감기가 걸렸다. 해줄 수 있는 것은 코 막힐 때 흡입기로 빼주기와 등 두드려주기다. 코 빼고 나면 힘들어서 많이 보채서 안아주어야 한다. 사용한 흡입기노 세척해야 하는데 한 손으로 안고 나머지 한 손으로 세척하니 힘들었다. 한 번은 덜 울어서 잠시 눕혀놓고 흡입기를 세척하고 아침밥상을 차리는데 두 손을 사용할 수 있는 게 이렇게 편하다는 생각마저 들정도였다.

하루가 시작되면 글쓰기도 손을 사용해서 타이핑한다. 머리보다 손이 생각을 추월한다. 손을 움직이는 쓰기는 머릿속의 생각의 탁함을 없애준다. 생각하기와 친구인 쓰기는 베스트 프렌드이다.

3개월 후 아이를 출산하면서 독서 습관도 무너졌다. 다시 하루 독서 20분에서 시작해서 1시간까지 늘려갔다. 아이가 60일 되는 시점에 도서관에서 빌려온 〈대한민국 독서 혁명〉 책을 하루 만에 읽을 수 있을까 하는 생각이 들었다. 출산 후 두 달 동안 이책 저책 손이 가는 대로 읽었다. 여러 권 읽으면 좋은 점은 다양한 글을 접할 수 있다는 것이다. 반면 한 권의 책을 잡고 있으면 스토리 끊김 없이 집중할 수 있는 장점이 있다. 어느 것이든 상황에 맞게 읽으면 된다.

나는 보통 한 시간에 40장 정도씩 읽는다. 272 페이지를 다 읽으려면 7시간을 읽어야 한다. 새벽에 50분 읽고 오전, 오후, 저녁에 각각 1시간씩 읽으니 끝냈다. 총 4시간 독서가 가능했던 것은 술술 읽히는 책이어서 몰입할 수 있었기 때문이다. 두 달 만의 하루 한 권 독서는 일상에 새로움을 주었다. 하루에 한 권을 읽겠다고 마음을 먹으니 틈만 나면 책을 펼쳤다. 남편 귀가 전에 그냥 쉬고 있을 시간에도 책을 펼쳤다. 병원에서 대기하는 시간도, 저녁 먹고 아이가 티브이 잠시 본다고 할 때도 읽게 되었다. 자투리 시간에 불필요한 일 대신 책을 읽었다. 그러고 보니 하루에 낭비하는 시간이 많음을 알았다. 다시 한 번 독서는 의지의 문제라는 생각을 하게 되었다.

나는 주기적으로 자궁경부암 검사를 한다. 사비를 추가하면 추가검사가 가능하다. 검사 결과 고위험군 바이러스가 발견되었다. 12주 동안 세정제 치료를 해야 한다. 방치하면 암으로 전이 될 확률이 30%나 된다고 한다. 한 달 치료 후 병원 방문하는 날일이었는데 그날 따라 비가 오고 있었다. 우산을 쓰고 축축한 바닥을 디디며 걸었다. 뺨에 스치는 바람, 땅에 떨어지는 빗소리, 지나가는 차 소리,

지나가는 사람들을 구경하면서 천천히 걸었다. 문득 지난날들이 머릿속으로 스쳐 지나갔다.

둘째를 막 낳고 걷지도 못해 남편이 부축해서 화장실에 가는 모습, 아이를 낳고 감격해서 하는 모습, 신생아실에서 수유하기 위해 아이와 씨름하던 모습, 집에 와서 아이의 잠투정으로 밤낮이 바뀌어 새벽에 항상 깨어 있던 모습, 힘들다고 투덜거리던 모습 등이 생각났다. 그러나 지금은 멀쩡히 잘 걷고 있지 않은가? 힘든 일도 항상 지나간다. 100일의 기적이라는 말이 있듯이 다시 평온한 날이 왔다.

아무리 좋은 직업도, 돈이 많아도 아프면 소용없다. 건강할 때 건강을 챙겨야 한다. 그래야 산들바람도 피부로 느낄 수 있고, 맛있는 음식도 마음껏 먹을 수 있다. 일찍 깨달아야 몸이 덜 고달프다. 마흔 전에 건강검진 추가 검사부터 해야겠다.

순경채용시험 면접을 앞두고 있는 수험생 두 명을 집으로 초대했다. 박미옥 선배님이 하셨던 것 처럼 우리 집에 와서 인연이 된 수험생 둘은 최종합격해서 중앙경찰학교에서 훈련 중이다. 곧 실습을 나오는데 한 친구는 내가 근무했던 지구대로 실습을 온다고 한다. 다른 한 친구는 남편의 팀에 간다고 했다. 자신의 꿈을 이룬 사람을 만나러 온 친구들을 보면서 내 꿈을 떠올렸다. 꿈은 세월이 갈수록 더 진하게 꿔야 한다며 다독였다.

"예빈아 우리 2년 뒤에 이사 갈 건데, 예빈이 생각은 어때?"

"응 좋아, 괜찮아."

"이사하면 새로운 친구를 사귀어야 해. 괜찮니?"

"응 새로운 친구 좋아"

"할머니 할아버지는 매일 못 볼 수도 있어."

"음.... 그건 싫은데, 이사 안 갈래"

2년 뒤에 이사 문제는 항상 생각하는 것 중 하나다. 살면서 결단을 내려야 할 때가 있다. 결정이 아쉬울 때도 있고 잘 내렸다고 생각될 때도 있다. 중요한 건 생각을 거듭했냐는 것이다. 머릿속을 가장 많이 지배하는 생각은 균형이다.

수년 전 연간계획을 작성할 때 5개 삶의 영역을 기록할 때 유독 두 곳에 치우친 삶을 발견했다. 직장과 자기 계발이었다. 가정, 건강, 나눔 영역에서는 균형이 깨져 있었다. 매년 잘 안 되는 곳을 추가로 적어가면 실천으로 옮겼다. 균형을 맞춰가도록 노력했다. 한 곳에 너무 치우치면 삶의 불만족이 찾아옴을 경험으로 깨달았다. 배우는 것에 집중하면 집에서 남편이 태클 걸어온다. 정신 좀 차리라고.

결단이 필요하다. 머릿속에 둥둥 떠다니는 생각이 결실이 보려면 단호한 결심과 실천이 이어져야 한다. 한 권의 책을 하루에 읽으려고 마음먹었다면 그날 읽어버리는 것처럼 말이다. 선택하는 훈련만 잘해도 걱정이 준다.

　꿈을 기록해나가는 사람과 자유로운 영혼으로 사는 사람 중에서 어느 삶이 더 나을까? 10대에는 자유롭게 살았다. 시간 흘러가는 대로 아무것도 계획하지 않고 살았다. 성인이 되어서부터는 꿈이 생겼다. 경찰이 너무나 되고 싶어서 목표 카드를 만들어 수시로 보고 또 봤다. 하고 싶고, 되고 싶고, 사고 싶고, 보고 싶은 목록이 담긴 꿈 노트도 가지고 있다.

　부원이라는 친구는 자유롭게 산다. 기록하지 않지만 하고 싶은 것이 있으면 시간에 구애받지 않고 하루에 하고 싶은 만큼 한다. 2년 동안 중국어 공부만 하면서 HSK 5급까지 공부했다. 보보경심 드라마에 빠져 중국 전통악기 얼후를 사랑하게 되었다. 직접 중국까지 가서 얼후를 사 왔다. 동호회까지 다니며 얼후 연주를 배웠다. 지금은 성악에 빠져 보컬 수업을 듣고 전국노래자랑 같은 무대에도 선다. 하루에 10시간 이상 피아노를 치면서 밥 먹는 것도 잊을 때가 있다.

　반대로 나는 삶을 기록한다. 글쓰기에 매력을 느껴 책 쓰기에 도전했다. 한 권 두 권 쓰는 재미를 알아가면서 강의도 해보았다. 두 달간 원고를 쓰고 말하기 연습을 하면서 준비했다. 지금은 글쓰기 카페도 운영 중이다. 부원이는 모든 것이 머릿속에 있고, 내가 이룬 것은 기록으로 남아 있다. 정답은 없다. 가슴이 시키는 대로 하면 된다.

나의 3개 소원 중에서 한 가지 소원은 나만의 브랜드를 갖는 것이다. 오프라 윈프리 영상을 보는데 'excellence가 브랜드가 되게 하라'는 말이 계속 생각났다. 최고가 브랜드가 되게 하라는 말이 뭘까 곰곰이 생각해봤다. 눈이 보이지 않아도 내공을 쌓는 것이라는 결론을 냈다. 딱 정해진 용어가 없어도 평온한 마음을 가질 수 있는 사람이 되어야 한다. 앞으로 생각에 생각을 거듭하면서 하고 싶은 것이 있으면 해보면서 걸어가기로 정했다. 아직은 낯설다. 자꾸 걷다 보면 내 길이 된다. 황미옥이라는 사람을 떠올렸을 때 글 쓰는 경찰로 사람들에게 기억되었으면 좋겠다. 일상에서 매일 그 사람으로 살아내는 몫만 남았다.

독서와 글쓰기, 여행과 사람을 통해서 배운 모든 것은 나의 이야기로 만들어간다. 생각은 내 삶의 창조물이다. 출산 후에 산후마사지를 해주신 문숙희 관리사님은 3개의 소원을 쓰기로 했을 때 소원을 정하는 것부터가 난관이었다. 아이들 키운다고 바쁘게만 살았지 하고 싶은 것도 생각해보지 않고 살았다고 했다. 늦었지만 지금부터라도 하고 싶은 것을 하며 살겠다고 했다. 원하는 삶은 생각에서 나온다. 큰 생각도 작은 생각도 모두 중요하다. 크게 생각하고 깊게 생각하려고 한다. 내 삶은 무한한 가능성이 있다고 믿는다. 지금의 나는 지금까지의 생각이 만들어준 결정체이다.

05

지금 이 순간, 집중하기

〈청소력〉 책을 읽었다. 책 정리를 하고 소장하고 싶은 책들이 꽂힌 책장을 보니 책장 중간쯤에 꽂혀있는 〈청소력〉이 읽고 싶어졌다. 일단 꺼냈다. 그날은 읽던 책이 있었기에 다음날 읽기로 했다. 다음날이 되자 딸을 유치원에 보내고 곧장 읽었다. 둘째가 잠을 자고 있었기에 가능했다. 이런 횡재가 어딨디 있냐며 집중해서 읽었다.

책 뒷면을 펼쳐보니 예전에 읽고 기록해둔 문구가 보인다. 2014년 11월에 읽은 책이었다. 임신 21주 차에 교통사고를 당했는데 병가 중에 쓴 글귀였다. 문득 그때 기록해두었던 것이 생각나 〈양예빈 성장일기〉 첫 번째 바인더를 펼쳤다. 싱크대와 서랍장에 무엇을 넣을 것인지 종이에 그림으로 그려서 기록한 것이 보였다. 그 당시는 자궁문 3cm가 열려 입원과 퇴원을 반복하던 때였다. 일어나서 움직이면 출혈이 있어 누워서 지내야만 했다. 누워서 할 수 있는 것을 찾던 중 어디에 무엇을 넣어 정리할 것인지 그림으로 그렸다. 출산

하고 나서 그대로 옮기기만 하면 되도록 말이다.

예전에 바인더 특강 들을 때 3P 자기경영연구소의 강규형 대표님의 이야기가 떠올랐다. 프로세스형인 강규형 대표님은 사무실 책상을 옮길 때도 캐드로 먼저 해본다는 말을 들었다. 나도 프로세스가 향상된 것일까? 캐드는 아니지만 완벽해질 때까지 그림으로 그리고 살 것을 정하는 모습을 보면서 놀랐다.

〈청소력〉 책을 두 시간 만에 읽고 두 시간동안 청소를 했다. 부엌 가스레인지부터 시작해서 열심히 닦았다. 레인지 밑에 보이지 않는 곳도 들어내서 닦고 나니 얼마나 청소를 안 했는지 부끄러웠다.

저녁에 아이들을 재우고 인스타그램과 블로그에 책 서평을 남겼다. 〈청소력〉책은 계속 소장하고 싶은 책이었다. 집이 조금 지저분해진다 싶으면 이 책을 꺼내 열심히 청소하면서 감사하고 싶은 상대를 떠올리면서 "고맙습니다."를 반복할 것이라고 다짐했다.

요 며칠 매일 카카오스토리에 쓰던 감사일지를 쓰지 않았다. 아이들 재우다가 같이 잠들어 버려서 놓쳤다. 하루 마무리를 감사로 하지 않으니 부정적인 생각이 조금씩 들기 시작했다. 생활 속 감사함을 잊지 않으려면 청소할 때 고마운 사람을 떠올리며 말로 "고맙습니다"를 내뱉기를 잊지 않아야겠다.

오늘 아침 몸무게 68.6kg이다. 8월16일부터 몸무게와 먹은 것을 기록하기 시작했다. 출산 당일 81킬로였다. 출산 전 57kg으로 가려면 아직 갈 길이 멀다. 나는 왜 살을 빼려고 하는 걸까? 거울을 보면서 곰곰이 생각해봤다. 당당함은 내면과 외면 모두 필요하다. 내면만 가꾸어서는 만족스럽지 않았다. 나 자신을 비싼 옷과 가방으로 꾸미고 싶지는 않다. 청바지와 티셔츠만 입어도 예쁜 몸을 갖고 싶을 뿐이다. 운동과 식단조절이 필수다.

가수 박진영 씨가 출현한 티브이 프로그램을 시청한 적이 있다. 자신만의 데드라인 몸무게를 정해둔다고 했다. 그 지점을 초과하면 바로 식단관리에 들어간다고 했다. 누구든지 자신감 넘치는 모습을 갖기 위해서는 내, 외적 관리가 필요하다는 게 내 생각이다.

산후 6주부터 'Body Workout plan' 일지를 작성하고 있나. 스미홈트 리커버 프로젝트 스트레칭을 따라 하면서 러닝머신 위에서 아주 천천히 50분씩 걷기 운동 병행한다. 육아를 하면서 짬을 내어서 하는 운동은 뭔가 해냈다는 짜릿한 성취감을 준다. 포기하지 않는다면 예전으로 몸으로 돌아갈 수 있다고 믿는다.

어제 딸아이 유치원 친구인 승윤이 엄마가 집에 오셨다. 작년에 바디프로필 찍은 사진을 보며 언제 찍었는지 물어보았다. 바로 작년 모습이었다. 사진 속의 황미옥은 당당해 보였다.

"나는 57kg 체지방율 20% 체력짱 몸짱 황미옥이다."

매일 아침 자기암시를 외친다. 포기하지 않으면 반드시 된다. 오늘 할 일에만 집중하여 50분 걷기, 스트레칭과 코어 복근 운동 100개면 된다.

결혼 10년 차에 요리 배우는 중이다. 어머니는 더 늦기 전에 육아휴직 기간에 배워야 한다고 하셨다. 메추리알을 까서 오셨다. 마침 장을 보고 왔던 참이라 육개장 거리와 미역국 고기를 사 왔다. 부끄럽지만 내 손으로 반찬 만들어본 기억이 잘 나지 않는다. 매번 시댁에 가서 어머니가 차려주시는 밥 먹고 설거지만 해오면서 산 게 5년이다.

생각보다 반찬 만드는 것은 간단했다. 메추리알 요리도 올리고 당과 간장만 있으면 됐다. 아주 간단한데 왜 안 해 먹었을까. 관심도 없었다. 어머님이 계셨기에 절박하지 않았다. 삼시 세끼 집에서 해 먹으면서 살림 사시는 어머니가 더 위대해 보였다. 돈 벌어오는 게 더 쉽다는 마음이 들 정도였다. 돌아서면 밥시간이었다. 매번 '이제 뭐 먹지?'라는 말을 입에 달고 살았던 내가 요리를 하자 남편이 가장 신기해한다. 집에서 밥 먹는 특권을 누려서 행복하다고 했다.

20년 넘게 혼자서 생활하시는 친정 아빠가 떠올랐다. 내 자식을 키워보기 전까지는 잘 몰랐다. 단 한 번도 반찬 해서 친정에 갖다드린 적도 없었다. 요리를 배워서 밑반찬부터 해드리고 싶다. 더 늦기 전에 꼭. 부모는 항상 자식들이 밥을 챙겨 먹고 다니는지 걱정

하신다. 어머니는 요리를 가르쳐주시고도, 집에 가져가라며 반찬을 또 챙겨주신다. 이제야 부모님의 마음을 조금씩 알아가고 있다.

지금, 이 순간에 집중해서 살았던 적이 언제일까 생각해보니 두 개의 사건이 떠오른다. 하나는 순경채용시험이 있을 때였다. 필기시험을 7번 떨어지고 8번 만에 합격했다. 마지막 1년은 고시원에서 공부하며 의지를 불태웠다. 다른 합격생들은 85점 이상 고득점이었다. 나는 필기 최저점수 81점으로 합격했다. 필기시험 뒤에 치르는 적성, 체력, 면접에서 다행히 잘 봐서 합격했다. 경사 승진시험도 뒤에서 5등 했다. 135명인가 많이 뽑는다고 해서 공부하긴 했는데 시기가 좋지 않았다. 29살이었다. 여청과가 신설 되어 여청과 서무를 맡은 때였다. 출근도 7시인데 새벽같이 일어나 공부하고 출근했다. 퇴근하고 나서도 도서관에 가서 저녁 7시부터 공부했다. 생각해보면 어렵게 턱걸이로 합격했다.

오종철과 이영철 씨가 운영하는 꼴통 쇼를 그래서 더 좋아하는지도 모르겠다. 꼴찌들의 통쾌한 승리라는 컨셉이 재미있다!

가장 인상적이었던 3인방에 대한 글을 쓴 적이 있다. 2016년 8월 6일 강규형, 김승호, 조성희 대표님의 강연을 묶어서 썼다. 서울에서 마인드 스쿨을 운영하는 조성희 대표님은 마인드의 대가 밥 프록터의 제자이다. 서른 살에 원하는 것을 모두 이루고 마인드 스쿨을 세우겠다는 신념을 가졌다. 밥 프록터에게서 배웠을 때 마지막으로 들었던 말이 'Live on the edge!' 였다고 한다. 벼랑 끝에서 산다는 것이 무슨 뜻일까? 긴장을 놓치지 말고 도전하면서 살라는 말이 아닐까?

강규형 대표님은 목표를 종이에 쓰면 뭐든 이루어진다고 강조했다. 썼다면 실행으로 옮겨야 한다. 목표를 적은 종이를 휴대해서 계속 봐야 한다고 했다. 김승호 대표님은 생각은 물리적인 힘이라고 했다. 그 유명한 100번 쓰기를 실천하라고 하신 분이다. 목표가 단순하고 명확하면 자기 결정권이 있다고 했다. 셋 모두 힘겨운 시절이 있었다. 300만 원 월급부터 시작한 분도 있고, 이불 장사며 안 해본 장사가 없을 정도로 어려울 때도 있었다. 처음부터 잘 살았던 분들이 아니라 자신의 환경에 굴하지 않고 일어선 꼴찌들이라서 더 애정이 가는 지도 모르겠다. 매 순간 포기하지 않고 자신을 믿었기에 지금의 모습이 있는 게 아닐까?

내 인생도 아직 진행 중이다. 대학에서 공부보다 읽고 싶은 책을 많이 읽으면서 살았다. 듣고 싶은 강의면 서울이라도 가서 직접 들었다. 스스로 삶의 결정권을 가지고 살았다. 후회되는 일을 하면 마음은 아프지만 배우는 것은 있다. 이것저것 배울 때는 몰랐는데 하나씩 배우면서 최소한 3년은 해보자는 생각을 하게 된 것도 이것저것 해봤기에 내린 결론이었다.

피터 드러커의 경영철학을 적용하면 현직 경찰관으로 남은 24년 동안 8개의 분야를 배울 수 있다. 또 다르게 보면, 10년씩 하나를 배우면 현직에서 두 개 분야에 전문가가 될 수 있다. 전자는 작년까지의 생각이고, 후자는 올해 생각이다.

온라인 카페에서 1년 동안 작가로 글을 쓸 때 힘이 되어준 두 명의 친구가 있었다. 박선진 작가와 한준택 작가이다. 댓글로 소통하며 두 명과 친해졌다. 그 덕분에 조성희 마인드 스쿨에서 어땡쇼라는 강연도 강남에서 할 수 있었다. 연이어 〈어메이징 땡큐 다이어리〉까지 출간하게 되었다. 그 당시에는 내가 강연을 하고 작가가 될 거라고는 생각하지 못했다. 주이진 순간에 집중했을 뿐이다. 미래에 대한 큰 그림은 그리 돼 미래에 원하는 모습을 상상만 하는 게 아니라 하루를 치열하게 살아내는 것이 중요하다. 이것이, 매일 일어나서 시간을 기록하고, 자기암시를 외치치며 글을 쓰는 이유이다. 지금, 이 순간을 즐기며 살아내는 것이 중요하다.

06
나다움

〈딜리버링 해피니스〉 책을 읽고 있다. 경애 언니가 추천해주신 책이다. 출퇴근길 지하철에서 읽었다며 꼭 읽어보라고 하셨다. 책을 읽으면서 유튜브에서 책 영상을 검색해서 자주 들었다. 러닝머신 위에서 걸으면서 저자인 토니가 출현한 영상 몇 개를 시청했다. 중년급 여자 아나운서가 인터뷰에서 토니에게 성공이란 무엇인지 물었다.

"모든 걸 다 잃어도 정말 괜찮다면 성공한 것이다"라고 했다.

모든 것을 다 잃을 용기가 있냐는 말에 그런 거 같다고 말했다. 가지고 있는 명예, 사회적 지위, 직업, 돈을 모두 잃어도 다시 시작할 수 있는 용기만 있다면 성공한 것이 아닐까 하는 생각이 들었다. 부자들이 자녀에게 돈을 물려주기보다 돈 버는 능력과 지혜를 물려주는 것처럼 성공도 그런 게 아닐까? 모든 것이 물거품처럼 사라진다고 하더라도 괜찮다고 말할 수 있는 베짱이 필요하다.

20대에 고 이영권 박사님의 세계화 전략연구소에서 성공전략을 배운 덕분에 먼저 전화하고 손편지 쓰는 습관이 생겼다. 안부 전화를 걸 때 상대방에게는 여러 가지 유형이 있다. 그중에서 3가지 유형이 가장 많이 신경이 쓰였다. 첫 번째 유형은 전화 받지 않는 사람이다. 두 번째 유형은 전화도 안 받고 콜백도 안 해준다. 세 번째 유형은 전화도 안 받고 콜백도 안 해주는데 대부분 한 번이 아니라 여러 번 반복적으로 그랬다. 두 번째, 세 번째 유형이 계속 신경 쓰였던 이유는 친했던 사이라고 생각했는데 상대방은 나를 그렇게 생각해주지 않는 것이 아닌지 생각했기 때문이었다. 1년 넘게 이 문제를 고민해왔고 최근에 참고 참다가 터져버렸다. 친한 지인에게 속마음을 털어놨는데 브런치 작가가 쓴 글을 보내주었다. 제목은 '마흔 되기 전에 정리해야 할 친구 유형'. 브런치 신소영 작가가 쓴 글이다. 열심히 글을 읽어 내려갔다. 내 마음을 사로잡은 두 가지 용어가 있었다.

"재테크와 인테크보다 더 중요한 것이 우테크이다."

우테크는 시간과 돈 그리고 에너지를 투자해야 우정이 쌓인다고 했다. 멘탈 뱀파이어가 있는데 기운 빼앗아가는 사람이라고 했다.

예전에 경찰 조직에서 수사과장님으로 계셨던 선배님과 식사 자리가 있었는데 인간관계에 대한 이야기가 나왔다. 정년을 10년 남짓 남겨두셨다. 새로운 사람을 만나기보다 기존에 친분 있는 사람과 깊게 인연을 쌓아간다고 했다. 그러고 보니 과장님과 알고 지낸지도 10년이 넘었다. 문득 나는 어떻게 사람과의 관계를 만들어가야 할지 의문이 들었다. 새로운 사람을 만들어가야 할지 아니면 과장님처럼 기존에 친한 사람들과 정을 쌓아가야 할지.

첫째 유치원을 떠올리면서 해답을 찾았다. 몇 달 전인 6월에 첫째 예빈이는 어린이집에서 유치원으로 전학 갔다. 유치원에서 누가 이사를 하여서 자리가 하나 비었다는 소식을 전해왔다. 전학을 가면서 같은 아파트에 사는 유치원 엄마들이 갑자기 4명이나 생겼다. 새로 사귀게 된 인연이다. 최근에 승윤이 엄마가 집에 놀러 오면서 말을 트게 되어 독서 모임까지 하자는 말이 나와서 읽을 책까지 정했다.

기존에 알고 지내는 인연, 새로 만날 인연을 구분할 필요가 없겠다는 생각이 들었다. 인연이 닿은 사람과 신소영 작가가 이야기한 우테크를 쌓기 위해 시간과 돈 에너지를 투자해야겠다는 생각이 들었다. 이익이 될 사람에게만 시간을 공들인다는 것은 나답지 않은 행동이었다. 그런 사람은 시간이 지나면 자동으로 걸러지지 않을까? 오랫동안 나와 함께 우테크를 쌓아간 사람이 진정 내 사람이 아닐까? 한결 같이 나눠주면서 마지막까지 함께 한 사람이 진정 내 사람이다.

두 달에 한 번 공기청정기 청소하러 관리사가 온다. 남편에게 오늘이라는 이야기는 들었는데 저녁을 먹고 있는데 갑자기 오셔서 깜짝 놀랐다. 아무튼, 여러 번 뵀지만, 관리사님과 이야기를 나눈 적은 없었다. 그날따라 말을 서로 하게 되었는데 아주 놀라운 사실을 알게 되었다. 자녀가 넷이나 있다고 하셨다. 거기서부터 두 손 번쩍 들었다. 신으로 보였기 때문이다. 아이 둘도 키우기 힘든데, 넷을 키우셨다며 자식들 이야기를 하면서 입꼬리가 계속 올라갔다. 자신보다 자식 걱정이 최우선이었다.

출산 후 경혈 마시지 받았던 관리사님도 떠올랐다. 똑같은 이야기를 하셨다. 사는 게 너무 바빠서 하고 싶은 것 하나 없이 살았다고 하셨다. 3가지 소원을 쓰려는데 소원으로 빌 것을 생각하는 데 하루를 다 썼다고 하셨다. 왜 엄마들은 자신의 꿈보다 자식의 꿈을 응원하는 것일까?

지구대에서 근무할 때 여경 후배가 한 말이 갑자기 떠올랐다. 결혼하고 나면 자신의 꿈은 남편 뒷바라지하는 것이라고 했다. "네 꿈은 없니?" 라고 물었더니 바로 대답하지 못했다. 꿈을 자신 있게 말하는 데는 훈련이 필요하다.

우리 딸도 좋아하는 것이 뭐냐고 물으면 그림 그리기라고 한다.

거기에 질문을 한 번 더 한다. 왜 그림 그리기가 좋아? 그러면 '그냥'이라고 한다. 구체적으로 설명하는 걸 해보지 않아서 못하는 것이었다. "엄마는 사람들을 도와주고 싶어서 경찰이 됐어. 지금은 엄마는 글쓰기로 사람들을 돕고 있어. 앞으로는 와인으로 더 도울 거야."라고 했더니 다음부터는 자신만의 이유를 이야기한다.

꿈이나 목표에 대해서 한 번도 깊게 생각해보지 않아서, 말해보지 않아서가 아닐까. 한 번이 어렵지 두 번, 세 번 하다 보면 자기 것이 되지 않을까?

나와 인연이 된 사람들에게 자극이 되어주고 싶었다. 집에 있던 내 책 〈대한민국 경찰 글쓰기 프로젝트〉를 공기청정기 청소해주시는 관리사님께 선물해 드렸다. 사인을 해달라고 하셔서 물었다. "관리사님께 해드릴까요?" 했더니 자신보다 딸을 생각하시는 관리사님은 딸의 이름을 불러주셨다.

해영 선배는 둘째 비엘이를 낳고 육아휴직 중에 있다. 경찰 동료와 글쓰기 카페를 운영 중이라고 했을 때 처음에는 회의적이었다. 어떻게 하다가 마음이 바뀌어 참여하게 되었는데 글쓰기보다 기상 미션을 매일 실천하고 있다. 육아휴직 중이다 보니 집에서 보내는 시간을 잘 활용하지 못할까 봐 걱정했는데 매일 사람들과 함께 일어나서 할 일을 공유하니 하루를 알차게 보낼 수 있었다고 했다. 50일 단위로 이어지는 데 곧 있으면, 8기가 끝나고 9기가 시작된다.

기상미션 실천하는 분들에게 꼭 의사를 묻는다. 계속 함께하고 싶은 분은 요청하면 된다고. 솔직히 해영 선배는 고민이 되었다고 했다. 망설이다가 마지막 순간에 9기에 신청한 이유는 일상에서 느긋해져, 할 일을 하고 있지 않은 모습이 싫어서라고 했다. 그 말이 이해되었다. 기상미션을 포스팅하지 않은 날은 마음이 느긋해져 새벽과 아침 시간에 했던 일을 미룬 적이 있다고 했다.

나도 둘째 낳고 아이 위주로 하루가 돌아가다 보니 합리화를 시킬 때가 있다. 하루를 마무리할 때 알차게 보낸 날은 기분이 달랐다. 발레리나 강수진의 발처럼은 아니라도 오른손 세 번째 손가락에 박힌 구든 살처럼 열심히 산 날은 약간의 피곤함은 느끼도 긍정의 에너지를 뿜고 있었다. 기상미션은 나다운 것 중의 하나였다.

뉴욕에서 중학교에 다닐 때 스펠링 대회가 교내에서 열렸다. 고모는 내가 우승할 거라는 생각 못 하셨기에 내기를 하자고 하셨다. 우승하면 그 당시 유행하던 노란색 노티카 점퍼를 사주겠다고 했다. 학교를 오가는 시간, 학교에서나 집에서나 틈만 나면 단어를 외웠다. 내 안에 오기가 있음을 처음 알았다. 놀라운 것은 학교 강당 위에서 스펠링을 하나하나 수줍게 말하는 아시안 학생이 우승했다는 것이다. 고모와 함께 백화점에 가서 원하는 점퍼를 샀다. 첫 성취감이었다. '나도 하면 되는 게 있구나.' 하는 것을 처음 느꼈다.

성인이 되어 자신감을 갖게 도와준 것을 찾아보니 여러 개 있다.

매일 일어나서 하는 기상미션과 자기암시, 그때그때 시간을 기록하는 바인더, 하루를 마무리하는 감사일지와 피드백일지. 가장 나다운 모습이었다. 도구들과 멀어질수록 일상에서 행복감과 에너지가 줄었다.

새로운 것에 도전하는 나, 포기하지 않는 나, 사랑할 줄 아는 나. 이 세 가지 모두가 나를 표현하는 말이다. 세상에는 새로운 도전과 새로운 사람들이 존재한다. 인연이 되는 사건과 사람을 피하기만 한다면 진정으로 친해지고 알아갈 기회를 놓쳐버린다. 사람에게서 받은 상처는 사람이 약이라고 했다. 가장 나답게 슬기롭게 헤쳐나갈 생각이다. 나를 행복하게 해주는 것들과 사람들에게 내가 먼저 베풀자. 공자의 서(恕)가 떠오른다.

"내가 원하지 않은 것을 남에게도 하지 말라."
나답게 원하는 것을 스스로 하면서 살리라.

실행이 우선이다

〈소크라테스만 철학입니까〉마치는 글을 쓰기 선까지만 해도 와인에 빠져있었다. 남편에게 와인 클래스에 수강하고 싶다는 말까지 했는데 도서관에서 빌려온 책 중에서 와인 관련된 책은 나중에 읽자며 미루는 모습을 발견했다. 앞에 부분만 읽고 덮는 게 아닌가? 매일 아침 외치는 자기암시에는 이렇게 포함해서 읽고 있었다.

"나는 Master of Wine이 된 두 번째 한국인이다. 와인 대사, 와인 평론가, 와인 평정가, 와인 교육자로서 전 세계를 다니며 와인을 소개하고 글을 쓴다. 유창한 영어와 중국어, 불어를 구사한다."

안방 문에 붙어 있는 비전 보드에 와인 마스터가 된 이미지가 담겨 있어 마치 그 꿈을 쫓아가야 할 것처럼 행동했다. 둘째가 태어나고 작가의 삶과 엄마의 삶을 살기만으로도 벅찼다. 거기에 와인 공부는 틈이 없는 게 당연했다.

와인공부처럼 하고 싶은 일은 살면서 계속 삶에 스며들어올 것이다. 조던이 야구를 해보면서 깨달았던 것처럼 와인 공부를 하겠다고 설치면서 글 쓰는 삶이 얼마나 중요하고 소중한지 깨달았다. 집필을 마무리하는 시기와 맞물려 와인 공부 시기가 적당하지 않았음을 깨닫고 글쓰기에 더욱 박차를 가할 수 있었다.

꿈을 좇다가 시도하고 싶은 것이 있으면 꼭 해봐야 한다. 그래야 후회도 없고, 지금 하는 것에 대해 감사함이 찾아온다. 살면서 후회보다 불편한 것은 없다. 마음먹은 것은 꼭 해봐야 하는 이유다.

여유 있는 하루

당신의 하루를 돌아보자. '바쁘다'를 입으로 내뱉고 있진 않은가? 마음이 바쁜 것은 아닌가? 하루를 너무 타이트하게 보내고 있진 않는가? 〈공부의 기술〉의 저자 조승연의 모친 이영숙 여사는 설거지가 밀려도 아이들과 함께 보내는 시간을 중요하게 여겼다고 했다. 나는 어제만 해도 설거지하고 아이와 시간을 보냈다. 일상이 바쁘면 마음이 바빠진다. 마음이 바쁘면 짜증이 올라온다. 짜증을 내면 계속 짜증나는 일만 생겼다. 하루를 보내면서 가장 중요한 것은 기분 좋음을 유지하는 것이다. 그러기 위해서는 여유가 필요하다.

자기 전에 생각해보자. 오늘 하루를 어떻게 보냈는지, 그리고 내일 하루는 어떻게 보낼 것인지. 신기한 것은 머릿속으로 생각한 대로 잘 이어질 것이라는 점이다. 잠시의 생각만으로 내가 원하는 하루를 맞이할 수 있다. 생각한 날과 그렇지 않은 하루의 차이를 느껴보라. 시간의 여유가 느껴질 것이다. 당신만의 하루를 멋지게 보내라. 잠시 생각하는 시간만으로도 충분하다.

철학이 전부다

매일 다른 생각이 이어진다. 접하는 것에 따라서 다르게 사고한다. 이나모리 가즈오는 〈생각의 힘〉에서 일의 결과는 능력 * 열의 * 사고방식이라고 했다.

모든 이의 하루는 철학이 전부라고 말하고 싶다. 철학은 태도, 사고방식, 인생관, 가치관으로 바꿔 말할 수 있다. 경찰관의 삶은 다른 사람들에게 닥친 어렵고 불편한 문제점을 같이 고민하고 해결하면서 성찰하는 시각을 갖게 해준다. 작가의 삶은 다른 사람의 글을 통해 다른 관점에서 생각하게 도와준다. 의식적으로 생각하면, 생각하는 삶에 익숙해진다. 생각의 끝은 실천이다. 하지만, 생각이 있어야 실천도 이어진다. 하고 싶은 것, 되고 싶은 것은 생각에 전제한다.

매일 철학 하면 삶은 변한다. 생각하는 대로 변한다. 현재의 모습에서 원하는 모습으로의 갭을 줄여주는 것이 바로 생각이다. 당신의 삶에 철학을 실천하자. 자전거를 처음 탈 때는 서툴다. 자전거를 타면 오토바이를 배울 때 수월하다.

24살, 충주 중앙경찰학교에서 훈련받으면서 다른 동기들이 오토바이 타는 법을 배울 때 나는 옆에서 자전거만 타야 했었다. 자전거를 타본 적이 없었기 때문이었다. 주말에 외박 나와서는 집 근처에서 오토바이 타는 법을 연습했다. 중앙경찰학교 입교 전까지는 자전거도 오토바이도 타지 못했다. 졸업 후에는 둘 다 탈 수 있었다. 생각도 마찬가지다. 하루 5분, 10분씩 늘려가면 생각의 바다에 빠질 수 있다. 나만의 철학을 가질 수 있다. 어떻게 살아야 하는지 당신의 생각에서 답을 찾자. 답은 당신 안에 반드시 있다. 당신은 매일 철학 하는 사람이다.

황미옥

황미옥 작가님을 만나고 내 삶이 달라졌다. 아무 생각 없이 흘러가는 대로 살던 내가 작가님과의 대화를 통해 주어진 것에 대해 감사함을 알고 온전히 내 것으로 만들어 즐겁게 살아가는 방법을 배웠다.

작가님은 실천에 있어서 엄청난 열정의 소유자다. 그 열정들을 글에 고스란히 녹이신다. 그 글을 읽으면 나도 열정이 옮아 내 안의 무언가가 끓어오른다. 이런 특별한 능력을 갖춘 작가님이 멋있다.

수험생 시절 작가님의 다른 책 〈나는 오늘도 제복을 입는다〉를 부적처럼 들고 다니며 나의 미래를 꿈꿨다. 이번 책은 나의 삶에 또 어떤 영향을 미칠까 기대되고 설렌다. 다른 사람들도 이 책을 읽을 수 있는 행운을 놓치지 않았으면 좋겠다.

부산지방경찰청 제1기동제대 순경 노채원

황미옥 작가님은 주변 사람에게 자신이 가진 재능을 나눠주려고 노력한다. 글쓰기를 통해 자신을 되돌아보고 다른 사람의 글쓰기를 독려한다. 자신의 사명에 대해 항상 고심하고, 공헌을 최우선가치로 여긴다. 내 주변에서 가장 멋진 분이다.

현재의 자리에 안주하지 않고 지금보다 더 나은 모습의 나로 살기 위해 끊임없이 노력하고 매일의 새벽 기상과 소망하는 것들을 실천하는 모습이 아름다운 사람이다. 작가님을 알아 온 지 3년 되어가지만 한결같은 모습에 감탄하다가도 나 자신의 모습을 보면 부끄러워질 때가 많다. 나 자신에게 부끄럽지 않기 위해서라도 작가님처럼 내가 가진 지식을 나누어주고 후배를 위해 공헌하는 삶을 살도록 해야겠다고 또 다짐한다. 이 책을 읽는 독자들이 작가님이 쓴 글을 통해 나누어주고자 하는 마음이 어떤 것인지 함께 생각하고 나눌 수 있는 시간이 되었으면 한다.

부산해운대경찰서 경제범죄수사팀 경장 전혜정

우연한 기회에 경찰 동료들과 함께하는 독서 모임에 참석하게 되어 황미옥 작가를 알고 지낸 지 어느덧 2년이라는 시간이 지났다. 2년이라는 시간 동안 소통하며 지켜본 황미옥 작가는 한결같은 사람이었다. 배움에 목말라하고 배움을 실천으로 옮기며 주변 사람과 나누길 좋아하는 선한 영향력을 가진 사람이다. 황미옥 작가는 자신을 성장시키고 타인의 삶에 긍정적으로 기여하는 것이 행복인 사람 같다. 이 책에는 작가의 이런 삶이 고스란히 녹아있다. 이 책을 통해 작가의 삶을 엿보며 작가가 뿜어내는 좋은 에너지를 많이 얻어갔으면 좋겠다.

부산연제경찰서 연일지구대 경사 윤영일

나답게 산다는 건 뭘까?

정말 '나답게' 살고 싶지만 주저하는 사람들에게 황미옥 작가의 글을 추천해 주고 싶다. 십수 년을 경찰 동기로써 지켜봐 온 그녀는 여태 내가 본 어느 사람보다 가장 '나답게' 사는 사람이기 때문이다. 새벽의 풍요로움이 좋다며 누구보다 일찍 일어나 아침을 맞이하고 때때로 주변 친구들에게 편지를 보내 좋은 생각을 전파하는 긍정 전도사이기도 하다. "가장 개인적인 것이 가장 창의적인 것이다"라는 마틴 스코세이지(Martin Scorsese)의 말처럼 철학이라는 어려운 주제를 가장 개인적으로 녹여냈을 그 이야기가 궁금해진다.

부산지방경찰청 제4기동대 경위 박순용

사람을 안다는 것은 어떤 의미일까? 같은 공간에서 같은 시간을 매일 보내는 사람이 있다면 그 누구보다 잘 안다고 할 수 있을 것이다. 그러나 살아보니 그렇지 않을 때가 있다. 주고받는 대화 속에 진정성이 담긴다면 시공간을 초월하여 한 사람을 알 수 있지 않을까 싶다. 꼭 그 대화가 말이 아니어도 괜찮다. 글이면 더욱더 그러하다. 황미옥 작가와의 만남에서 나는 그것을 깨달았다.

〈글 쓰는 경찰〉을 필연으로 출간 즉시 읽는 행운을 얻었다. 읽은 감흥을 글로 써서 보냈다. 그 후 글로써 황 작가의 살아온 시간을 보았고, 그녀가 가보았던 공간을 거닐었다. '글 쓰는 경찰' 온라인 카페에서 함께 글을 쓰고, 독서 모임을 가졌다. 매일 공유하는 감사일지도 엿본다. 답장도 하지 않는 내게 편지까지 보내는 작가이다. 더욱이 황 작가의 열정을 더욱 더 알 수 있는 책이 출간된다니 기쁘기 그지없다. 늘 목표를 향해 달려가는 모습에 감탄한다. 나도 덩달아 글 쓰는 경찰이 되려고 노력 중이다. 언젠가 나도 황 작가에게 추천사를 부탁할 날을 그려본다.

부산남부경찰서 대연지구대 경위 문채희

황미옥 작가와 아침마다 자기 암시 문구와 기상 미션을 실천하고 함께 나눈 지 1년이 넘었다. 내 인생에서 가장 어두웠던 시기에 그녀는 자신의 삶을 본보기로 나를 돕기 시작했다. 하루의 시작을 함께하여 내 삶을 돌아보게 만들고, 실천 에너지를 넣어준 덕분에 실패해도 다시 실천하는 법을 배웠다.

힘이 들 때 흔한 위로가 아닌 무엇을, 어떻게, 왜라는 질문을 통해 자신의 삶을 어떻게 살아야 하는지를 끊임없이 생각하게 해주고, 주저앉을 때마다 사람들을 포기하지 않고 따뜻한 마음이 담긴 손편지로 단 하루라도 변화할 수 있기를 도와주는 그녀의 선하고도 열정적인 삶이 이 책에 그대로 녹아 있다.

나는 여전히 며칠은 실패하지만 여전히 아침에 울려오는 그녀의 기상 미션을 통해 다시 실천하며 조금씩 내 삶을 변화해가고 있다. 가치 있는 삶이, 거대한 목표가 아닌, 어제 실패해도 오늘 다시 시작하면 변할 수 있다는 깃을 알게 해준 그녀를 여러분들도 이 책 속에서 만나 작은 실천 하나가 내 삶을 바꾸고 주변이 바뀌는 신비로운 경험을 해보길 바란다.

부산북부경찰서 금곡파출소 경위 정진경